도스토예프스키 단편선

— 여섯 색깔 도스토예프스키 —

■ **백준현 옮김**

서울대학교 노어노문학과를 졸업하였으며 동대학원에서 도스토예프스키 연구로 박사 학위를 받았다. 서울대, 한국외대, 성균관대, 상명대 강사를 역임하였으며 1998년부터 상명대학교에서 교수로 재직 중이다. 주요 연구 분야는 도스토예프스키, 뿌쉬낀, 레르몬또프를 위주로 하는 19세기 러시아 소설이며, 실용 러시아어 어휘론을 비롯한 러시아어 학습서들도 저술하고 있다. 주요 논문과 저작으로 「뿌쉬낀의 「벨낀 이야기」에 나타난 벨낀과 역사성의 문제」, 「도스토예프스키 초기작들에 나타난 인간관」, 『러시아 현대 소설 선집』 2(공역), 『중급러시아어』, 『중급러시아어』 2 등이 있다.

도스토예프스키 단편선: 여섯 색깔 도스토예프스키

1판 1쇄 인쇄_2015년 02월 17일
1판 2쇄 발행_2020년 09월 30일

지은이_도스토예프스키
옮긴이_백준현
펴낸이_양정섭
펴낸곳_작가와비평
등록_제2010-000013호
블로그_http://wekorea.tistory.com
이메일_mykorea01@naver.com

공급처_(주)글로벌콘텐츠출판그룹
대표_홍정표
편집_김현열 노경민 송은주 **디자인**_김미미 **기획·마케팅**_이용기 **경영지원**_안선영
주소_서울특별시 강동구 천중로 196 정일빌딩 401호
전화_02) 488-3280 **팩스**_02) 488-3281
홈페이지_http://www.gcbook.co.kr

값 11,200원
ISBN 979-11-5592-136-4 03890

※ 이 도서의 국립중앙도서관 출판예정도서목록(CIP)은 서지정보유통지원시스템 홈페이지(http://seoji.nl.go.kr)와 국가자료공동목록시스템(http://www.nl.go.kr/kolisnet)에서 이용하실 수 있습니다. (CIP제어번호: CIP2015004917)
※ 본 역서는 상명대학교 2013학년도 교내연구비 지원에 의하여 수행되었음

도스토예프스키 단편선

여섯 색깔 도스토예프스키

백준현 옮김

작가와비평

크리스마스 트리와 결혼식 _ 007

정직한 도둑 _ 027

보보크 _ 073

농부 마레이 _ 121

우스운 인간의 꿈 _ 137

뿌쉬낀에 대하여 _ 193

작품 해설: 여섯 색깔 도스토예프스키 _ 233

작가 연보 _ 249

크리스마스 트리와 결혼식

어느 이름 모를 사람의 수기 중에서

얼마 전에 나는 한 결혼식을 보았다…. 하지만 그만두자! 그보다는 크리스마스 트리에 대해 얘기하는 게 낫겠다. 결혼식은 훌륭했고 내 마음에도 들었지만 다른 사건에 대한 이야기가 낫겠다는 생각이 든다. 결혼식을 지켜보다가 무엇 때문에 그 트리에 대한 생각이 떠올랐는지는 모르겠다. 그 일은 이런 것이었다.

정확히 5년 전 섣달 그믐날 저녁에 나는 어느 어린이 무도회에 초대를 받아서 갔다. 초대한 사람은 한 유명한 사업가였는데 그는 발이 넓고 아는 사람도 많으며 권모술수에 능한 사람이었다. 따라서 그 어린이 무도회는 아이 부모들이 함께 모여 몇 가지 흥미로운 화제를 놓고 특별한 의도 없이 우연스럽고도 자연스러운 방식으로 얘기를 나눌 수 있는 구실이라고 생각해 볼 수 있었다.

나는 중심인물이 아니었고 얘기를 나눌 화제도 전혀 없었기에, 저녁 시간을 거의 혼자서만 보내고 있었다. 거기엔 나와 비슷하게 그 모임에 친척이나 가까운 사람은 아무도 없지만 우연히 가정의 행복에 끼어들게 된 것처럼 보이는 신사가 한 명 있었다…. 그는 누구보다도 먼저 내 눈에 띄었다. 그는 키가 크고 야위었으며 아주 진지한 표정에 대단히 격식을 갖춘 옷차림을 하고 있었다. 하지만 그는 즐거워하거나 행복한 가정 분위기를 느낄 마음 상태는 아닌 것처럼 보였다. 어딘가 구석진 곳으로 물러날 때마다 얼굴에서 바로 미소가 사라지고 숱 많은 검은 눈썹을 찡그리는 것이 보였기 때문이다. 그 무도회에서 그가 아는 사람이라곤 주인 외에는 아무도 없었다. 그는 끔찍이도 지루함을 느꼈지만, 아주 흥에 겹고도 행복한 사람의 역할을 끝까지 용감하게 견지해 나가는 것 같았다. 나중에 나는 이 신사가 수도에서 해결해야 할 중요하고도 골치 아픈 일 때문에 지방에서 올라왔으며, 이 집 주인에게 소개장을 가져왔지만 우리의 주인께서는 그를 후원하는 일에 전혀 성의를 보이지 않았고 다만 예의상 그를 자신의 어린이 무도회에 초대했다는 것을 알게 되었다.

사람들은 그와 카드놀이도 하지 않았고 담배를 권하지도 않았다. 대화를 나누려는 사람 역시 아무도 없었다. 깃털만 보면 어떤 새인지를 알 수 있다고 했던가, 사람들 역시 그의 처지를 멀리서도 벌써 눈치챈 것 같았다. 상황이 그랬기에 나의 신사께서는 양손을 마땅히 둘 데가 없다는 듯 저녁 내내 구레나룻만 쓰다듬고 있을 수밖에 없었다. 그의 구레나룻은 정말 대단히 훌륭한 것이었다. 하지만 그가 너무 열심히 쓰다듬고 있었으므로, 그를 보고 있노라면, 세상에는 구레나룻이 먼저 생겨났고 그것을 쓰다듬기 위해 나중에 신사를 그것에 붙여놓은 게 틀림없다고 생각될 지경이었다.

통통한 아들 다섯을 가진 주인의 가정적인 행복한

모임에 이런 방식으로 참여하게 된 이 인물 외에도, 내게는 다른 신사 한 명이 마음에 들었다. 그러나 이 사람은 이미 상당히 다른 특징을 가진 사람이었다. 그는 유력 인사였으며 이름은 '율리안 마스따꼬비치'라고 했다. 첫눈에 보아도 그가 귀한 손님이며, 주인과 그의 관계는 구레나룻을 쓰다듬던 신사와 주인의 관계와 마찬가지라는 것을 알 수 있었다. 주인과 안주인은 그에게 끊임없이 친절한 말을 하며 이것저것 보살펴 주었고, 마실 것을 대접하고 아양을 떨어 댔다. 소개를 위해 손님들을 그에게 데려오는 일은 있었지만, 그를 손님들에게 데려가는 일은 없었다. 율리안 마스따꼬비치가 파티에 대해 언급하며 이토록 기분 좋은 시간을 보낸 적은 거의 없다고 말했을 때, 나는 주인의 눈에 눈물이 반짝이는 것을 보았다. 나는 그런 인물과 같이 있다는 것이 왠지 섬뜩해졌기에, 주인집 아이들의 모습을 찬탄하며 감상한 후, 텅 비어 있는 응접실로 나가 방 전체의 거의 반을 차지하고 있는 꽃으로 장식된 안주인의 정자에 눌러앉았다.

아이들은 모두 믿기 어려울 만큼 사랑스러웠는데,

여자 가정교사들과 엄마들이 아무리 설득하려 해도 절대로 어른들처럼 있으려 하지를 않았다. 그들은 순식간에 크리스마스 트리를 잡아 뜯어서 마지막 사탕까지 먹어 버렸고, 누구에게 어떤 장남감이 돌아갈 것인지 알기도 전에 벌써 장난감들의 절반을 망가뜨렸다. 특히나 매력적이었던 아이는 자신의 나무 장난감 총으로 계속 나를 쏘려 했던 검은 눈의 곱슬머리 소년이었다.

그러나 누구보다도 나의 주의를 끈 것은 마치 작은 큐피드처럼 매혹적인, 그의 11세쯤 된 누이였다. 조용한 성격의 그 아이는 생각에 잠긴 듯한 커다란 눈을 가진 창백한 얼굴의 소녀였다. 아이들이 무슨 일인가로 그 아이를 기분 나쁘게 해서, 그 아이는 내가 앉아 있던 바로 그 응접실로 와서 자기 인형을 가지고 한쪽 구석에 자리를 잡았다. 손님들은 그 아이의 아버지인 한 부유한 상인을 존경스러운 표정으로 가리키곤 했는데, 그들 중 어떤 사람은 그 아이를 위해서는 이미 30만 루블의 지참금이 마련되어 있다고 귓속말을 하기도 했다.

그러한 상황에 대해 호기심을 가지고 있는 사람들을 돌아보다가 나의 눈길은 율리안 마스따꼬비치에게 머물렀다. 그는 뒷짐을 진 채 고개를 옆으로 약간 숙이고 이 사람들의 잡담에 왠지 아주 주의 깊게 귀를 기울이고 있었다.

잠시 후 나는 아이들의 선물을 나누어 주는 주인 부부의 '현명함'에 놀라지 않을 수 없었다. 이미 30만 루블의 지참금을 가지고 있는 그 소녀는 가장 값비싼 인형을 받았다. 그 다음으로는 이 모든 행복한 아이들의 부모의 위계가 낮아질수록 선물의 가치도 떨어지는 것들이 따라왔다. 마침내 마지막 아이인, 작고 야위었으며 붉은 머리에 주근깨투성이인 열 살쯤 되는 소년은 자연의 위대함과 감동의 눈물 등등에 관한 조그만 이야기 책 한 권을 받았을 뿐인데, 그것은 책 속에 아무 그림도 없고 표지 역시 조그만 장식조차 되어 있지 않은 그런 책이었다.

그 아이는 주인집 아이들의 가정교사인 한 가난한 과부의 아들로서, 심하게 주눅 들어 있었고 겁을 먹은 듯한 표정이었으며 초라한 무명 겉옷을 입고 있었다.

책을 받은 후에도 그 아이는 오랫동안 다른 장난감 주위를 서성거렸다. 그 아이는 다른 아이들과 무척 놀고 싶었지만 쉽게 용기를 내지 못했다. 그 아이는 이미 자신의 처지를 느끼고 이해하는 것처럼 보였다.

나는 아이들을 관찰하는 것을 참 좋아한다. 그들의 삶 속에서 나타나는 최초의 자립적인 자기표현은 무척 흥미로운 대상이다. 나는 붉은 머리 소년이 다른 아이들의 호화로운 장난감들에 마음을 완전히 빼앗겼으며, 특히 장난감 연극 놀이에 참여해 꼭 어떤 역할이든 맡고 싶은 생각이 너무나 강해 결국은 좀 비굴하게 굴기로 작정했음을 눈치 챘다. 그는 미소를 띤 채 다른 아이들의 비위를 맞추며 놀았다. 그는 주머니 속 손수건에 이미 당과류를 꽉 채워 넣은 통통한 얼굴의 한 소년에게 자신의 사과를 주었다. 그는 심지어 아이 하나를 등에 태우고 돌아다니려고까지 했는데, 이런 것들은 오로지 자신이 장난감 연극 놀이에서 쫓겨나지 않도록 하기 위해서였다.

그런데 잠시 후 어떤 개구쟁이가 그를 세게 때렸다. 아이는 감히 울지도 못했다. 그때 그의 엄마인 가정교사 여인이 나타나 다른 아이들 노는 데 방해하지 말라고 그에게 명령했다. 아이는 소녀가 있는 바로 그 응접실로 들어갔다. 소녀가 그 아이를 자기 곁에 오게 하자, 둘은 호화로운 인형 한 개를 아주 열심히 치장하기 시작했다.

나는 담쟁이 넝쿨이 있는 정자에 앉아, 붉은 머리 소년과 30만 루블의 지참금이 있는 아름다운 소녀가 인형을 돌보며 나누는 작은 말소리를 이미 30분간이나 듣고 있었다. 그러다가 깜박 잠이 들 무렵 갑자기 율리안 마스따꼬비치가 방으로 들어왔다. 그는 아이들이 싸우는 혼란스러운 상황을 이용해 조용히 홀에서 빠져나온 것이었다. 나는 몇 분 전쯤에, 그가 방금 안면을 익힌 미래의 부유한 신부의 아빠와 어떤 특정 직무가 다른 직무에 비해 우월하다는 점을 두고 아주 열성적으로 대화를 나누는 것을 보았다. 이제 그는 생각에 잠긴 채 서서, 손가락으로 무언가를 계산하고 있는 듯 했다.

"30만… 30만이라." 그는 중얼거렸다. "만 천, 만 2천, 만 3천, 이런 식으로 5년 후면 만 6천이 되는구나!

그런데 이자를 4퍼센트라고 치면 만 2천, 여기다 5를 곱하면 6만, 이 6만에다가… 5년 후면 원금과 이자 합쳐서 40만이 되겠군. 그렇구나! 하지만 상대는 4퍼센트로는 안 될 지도 몰라, 사기꾼 같으니라고! 그렇다면 8퍼센트나 10퍼센트쯤 돼야 할 수도 있겠군. 뭐, 어쨌든 50만 정도가 될 거라고 봐도 되겠지. 최소한 50만이란 말이야, 분명히 그 정도는 될 거야. 뭐, 남는 건 결혼 비용에 쓰라고 하면 되겠군, 음….”

그는 생각을 마치고 코를 푼 다음 방에서 나가려고 하다가 문득 소녀를 보고는 멈춰 섰다. 그는 화초를 심은 화분들 뒤에 앉아 있던 나를 보지는 못했다. 그는 극도로 흥분한 듯 보였다. 계산이 그에게 영향을 미쳤든지, 아니면 어떤 다른 원인이 있든지, 그는 손을 비비면서 한 자리에 가만히 있지를 못했다. 그가 멈추어 서서 미래의 신부에게 무언가 색다른 강렬한 시선을 던졌을 때 이러한 흥분은 최고조에 달했다. 그는 앞으로 가려고 하다가 우선 주위를 둘러보았다. 그런 다음, 자신이 잘못이라도 저지르는 것같이 느끼는 것처럼 발끝으로 소녀에게 다가가기 시작했다. 그는 미소를 지으며 다가가서 몸을 굽히고는 소녀의 머리에 입 맞추었다. 소녀는 예상치 못한 습격에 놀라 비명을 질렀다.

"사랑스러운 아가씨, 여기서 뭘 하고 있나요?"

그는 주위를 둘러보고 소녀의 뺨을 가볍게 두드리면서 속삭이는 목소리로 물었다.

"우린 놀고 있어요…."

"뭐라고요? 이 애와 말인가요?"

율리안 마스따꼬비치는 소년을 곁눈질하면서 물었다.

"귀여운 아이야, 넌 홀로 들어가는 게 좋겠다."

그가 소년에게 말했다.

소년은 아무 말 없이 그를 뚫어지게 쳐다보았다. 율리안 마스따꼬비치는 또다시 주위를 둘러보고는 다시 소녀에게 몸을 굽혔다.

"그런데 이건 뭐지요, 사랑스러운 아가씨, 인형인가요?"

그가 물었다.

"인형이에요."

얼굴을 찌푸리고 약간 겁을 내면서 소녀가 말했다.

"인형이라…. 사랑스러운 아가씨, 그렇다면 당신의 인형은 무엇으로 만들어졌는지 혹시 아시나요?"

"몰라요…."

완전히 고개를 숙이고 조그만 소리로 소녀가 대답했다.

"헝겊으로 만들어졌지요, 아가씨. 그리고 얘야, 넌 홀로 들어가거라, 네 또래 애들한테로 가라고."

율리안 마스따꼬비치는 소년을 엄격한 눈으로 바라보면서 말했다. 소녀와 소년은 얼굴을 찌푸리더니 서로 껴안았다. 그들은 헤어지고 싶지 않았던 것이다.

"그럼 당신은 왜 이 인형을 선물 받았는지 혹시 아시나요?"

목소리를 계속 낮춰가며 율리안 마스따꼬비치가 물었다.

"몰라요."

"그건 당신이 1주일 내내 사랑스러웠고 품행이 올발랐기 때문이지요."

이 말을 한 후 율리안 마스따꼬비치는 극도로 흥분한 상태에서 주위를 둘러보았는데, 계속 목소리를 낮춰 가다가 결국에는 흥분과 조바심으로 인해 거의 숨이 멎은 것처럼 잘 들리지 않는 목소리로 물어보았다.

"사랑스러운 아가씨, 내가 당신의 부모님께 손님으로 간다면 나를 좋아해 주시겠습니까?"

이 말을 하고 나서 율리안 마스따꼬비치는 사랑스러운 소녀에게 다시 한 번 키스를 하려 했지만, 완전히 울 것 같은 소녀의 표정에 커다란 동정심을 느낀 소년이 그녀의 손을 잡고 흐느껴 울기 시작했다. 율리안 마스따꼬비치는 정말로 화가 치밀어 올랐다.

"나가, 여기서 나가, 나가라니까!"

그가 소년에게 말했다.

"저쪽 홀로 나가! 거기 네 또래 애들한테 가란 말이야!"

"아녜요, 그러지 마세요, 그러지 마세요! 당신이나 저리 가세요!"

소녀가 말했다.

"그 애를 놔두세요. 그 애를 그냥 놔두라고요."

거의 울음을 터뜨릴 듯한 목소리로 소녀가 말했다.

그때 누군가가 문가에서 어떤 소리를 냈는데, 그 소리에 율리안 마스따꼬비치는 즉시 자신의 풍채 좋은 몸을 일으키면서 깜짝 놀라는 듯했다. 그러나 붉은 머리 소년은 율리안 마스따꼬비치보다 더 깜짝 놀라서, 소녀를 내버려 둔 채 벽 쪽으로 붙어서 응접실에서 나와 식당으로 가 버렸다. 율리안 마스따꼬비치 역시 의심을 받지 않기 위해 식당으로 갔다. 새우처럼 얼굴이 붉어진 그는 거울에 비친 자기 모습을 보고는 더욱 당혹했다. 그는 자신의 성급함과 참을성 없음에 화가 난 것 같았다. 아마도 처음에 손가락으로 셈해 본 결과에 놀라서 크게 마음이 쏠리고 감격까지 한 나머지, 자신의 모든 권위와 품위도 잊은 채 마치 어린 소년처럼 행동하기로, 즉 대상에 곧바로 공격을 가하기로 작정했던 것 같다. 그 대상이 진정한 대상이 되려면 최소한 5년은 더 있어야 함에도 불구하고 말이다.

나는 이 존경스러운 신사의 뒤를 따라 식당으로 갔다가 이상한 광경을 보게 되었다. 분노와 증오로 얼굴이 온통 벌게진 율리안 마스따꼬비치가, 그로부터 점점 더 멀리 뒷걸음질 치면서도 공포심으로 인해 어디로 도망쳐야 할지 모르는 붉은 머리 소년을 위협하고 있었던 것이다.

"나가, 여기서 뭐하는 거야, 나가, 이 몹쓸 녀석아, 나가라니까! 너 여기서 과일을 훔치고 있었지, 그렇지? 훔치고 있었잖아? 나가, 이 몹쓸 녀석아, 나가, 이 코흘리개야, 나가, 네 또래들한테나 가라고!"

소스라치게 놀란 소년은 필사적인 수단으로서 탁자 아래로 기어 들어가는 방법을 택했다. 그러자 극도로 흥분한 그의 학대자는, 이제 완전히 기가 죽은 소년을 탁자 밑으로부터 끌어내기 위해 목면포로 만든 자신의 긴 손수건을 꺼내서 그것으로 소년을 때리기 시작했다. 여기서 율리안 마스따꼬비치는 다소 뚱뚱하다는 것을 말해둘 필요가 있겠다. 그는 평소에 잘 먹는 듯, 뺨이 불그스레하고 살집이 좋으며, 불룩 나온 배에 기름진 허벅지를 가진, 한 마디로 말해 호두처럼 튼튼하고 둥글둥글한 사람이었다. 그는 땀에 젖어서 숨을 헐떡거리고 있었으며, 얼굴은 엄청나게 상기되어 있었다. 마침내 그는 거의 격분을 하고야 말았던 것인데, 그만큼 그의 내부에 분노와 질투(혹시 또 알겠는가?)의 감정이 컸던 것이다.

나는 아주 큰 소리로 웃음을 터뜨렸다. 율리안 마스

따꼬비치는 내 쪽을 돌아다보았는데, 자신의 모든 사회적 지위에도 불구하고 몹시 당혹했다는 점이 느껴졌다. 이때 반대편 문에서 이 집 주인이 들어왔다. 소년은 탁자 밑에서 기어 나와 자신의 무릎과 팔꿈치를 문질렀다. 율리안 마스따꼬비치는 한쪽 끝을 쥐고 있던 손수건을 얼른 코에 가져다 댔다.

주인은 다소 의아한 눈으로 우리 셋을 쳐다보았다. 하지만 그는 인생을 알고 또 그것을 진지하게 바라보는 사람이었으므로, 손님과 단 둘이 마주하게 된 순간을 곧바로 이용했다.

"바로 이 아이입니다. 제가 부탁을 드리려 했던 아이 말입니다."

붉은 머리 소년을 가리키며 그가 말했다.

"뭐라고요?"

아직 완전히 정신을 차리지 못한 율리안 마스따꼬비치가 물었다.

"제 아이들 가정교사의 아들입니다."

주인은 간청하는 목소리로 계속 말했다.

"불쌍한 여자이지요, 과부입니다. 남편은 정직한

관리였고요. 그러니… 율리안 마스따꼬비치, 가능하시다면….”

“아, 안 됩니다, 안 돼요.”

율리안 마스따꼬비치가 조급해하며 소리쳤다.

“안 됩니다, 죄송하지만 필립 알렉세예비치, 절대로 될 수가 없어요. 물어봤는데, 빈자리가 없답니다. 그리고 설사 생긴다 해도 이 애보다 훨씬 더 많은 권리를 가진 후보자가 벌써 열 명입니다…. 매우 유감입니다, 유감이에요.”

“유감이네요.”

주인도 같은 말을 했다.

“참 겸손하고 조용한 아이인데….”

“내가 본 바로는 대단한 개구쟁이인데요.”

신경질적으로 입을 비쭉거리며 율리안 마스따꼬비치가 대답했다. 그가 소년을 향해 말했다.

“얘야, 가라, 왜 그러고 서 있는 거니? 네 또래들한테 가란 말이야!”

여기서 그는 참지 못하고 나를 곁눈질하는 것 같았다. 나 역시 참지 못하고 그를 빤히 바라보며 깔깔거리고 웃기 시작했다. 율리안 마스따꼬비치는 바로 외면을 하더니, 나에게 아주 잘 들리게끔 저 이상한 젊은이는 누구냐고 주인에게 물어보았다. 그들은 속삭이기 시작하더니 방에서 나갔다. 그 후 나는 율리안 마스따꼬비치가 주인의 이야기를 들으며 믿기 어렵다는 듯 고개를 가로젓는 모습을 보았다.

큰 소리로 실컷 웃은 다음 나는 홀로 돌아왔다. 거기에선 그 위대한 남편감이 여러 가정의 아버지와 어머니들, 그리고 이 집 주인과 안주인에 둘러싸여, 방금 전 소개받은 어떤 부인에게 열띤 어조로 무언가를 이야기하고 있었다. 그 부인은 율리안 마스따꼬비치가 10분 전에 응접실에서 그 장면을 만들어 냈던 소녀의 손을 잡고 있었다. 지금 그는 그 사랑스런 소녀의 아름다움, 재능, 우아함, 훌륭한 예의범절 등에 대해 칭찬과 찬탄을 늘어놓고 있었다. 그는 눈에 띌 정도로 소녀의 어머니에게 알랑거리고 있었다. 소녀의 어머니는 환희의 눈물을 흘릴 것 같은 표정으로 그의 이야기를 듣고 있었다. 아버지의 입가에도 미소가 사라지지 않고 있었다. 주인은 기쁨의 분위기가 넘치는 것을 반가워했다. 모든 손님들도 공감을 한 나머지, 대화에 방해가 되지 않도록 아이들의 놀이를 중단시킬 정도였다.

전체적인 분위기가 경건해졌다. 그 다음에 나는 마음 깊은 곳까지 감동한 이 흥미로운 소녀의 어머니가 율리안 마스따꼬비치에게 그들의 집에 방문하여 소중한 친교를 나눌 수 있는 특별한 영광을 베풀어 달라며 고르고 고른 예의바른 표현을 통해 청하는 것을 들었다. 그 다음엔 율리안 마스따꼬비치가 진실한 환희에 가득 차 그 초대를 받아들이는 소리를 들었으며, 그러고 나서는 손님들 모두가 각자 예의에 맞게 여러 방향으로 흩어진 후 상인과 그의 아내, 소녀, 그리고 특히 율리안 마스따꼬비치에 대한 감동에서 우러나오는 칭찬들을 서로 서로 쏟아 내는지도 들었다.

"저 분은 결혼하셨나요?"

나는 율리안 마스따꼬비치와 가장 가까이 서 있던, 나의 지인들 중 한 명에게 큰 소리로 물어보았다. 율리안 마스따꼬비치는 샅샅이 훑어보는 듯한 적대감을 품은 시선을 내게 던졌다.

"아니오!"

나의 지인은 내가 일부러 저지른 무례함에 대단히 언짢아하면서 내게 대답했다.

얼마 전에 나는 어떤 교회 옆을 지나가게 되었다. 그런데 그곳에 온 사람들의 수와 행사의 규모가 나를 놀라게 했다. 주위에선 결혼식에 대해 얘기하고 있었다. 날씨는 찌푸려 있었으며 보슬비가 내리기 시작하고 있었다. 나는 사람들 사이를 간신히 뚫고 교회 안으로 들어가서 신랑을 보았다. 그는 키가 작았고 불룩하게 나온 배에다 잘 먹어 피둥피둥 살까지 찐 사람이었는데 아주 화려한 복장을 하고 있었다. 그는 바삐 돌아다니면서 이것저것 챙기고 지시를 내리고 있었다. 사람들을 헤치고 더 들어갔더니 이제 막 인생의 첫봄을 맞은 것 같은 놀라운 미인이 보였다. 그러나 그 미인은 안색이 창백했고 표정은 슬퍼 보였다. 시선은 초점 없이 멍하기만 했다. 내게는 그녀의 눈이 얼마 전에 흘린 눈물로 붉어진 것처럼 보이기까지 했다. 그녀 얼굴의 모든 특징들에 존재하는 고전적인 엄격함은 그녀의 미모에 일종의 자부심과 장엄함을 부여해 주고 있었다. 그러나 이 엄격함과 자부심 사이로, 이 슬픔 사이로, 어린아이의 순진무구한 얼굴이 비쳐 보였다. 그녀에게서는 아직 다 열매 맺지 못한 지극히 순진하고 어린 무엇인가가 엿보였는데, 그 무엇인가는 아무 말 없이 오직 자비(慈悲)만을 구하는 것처럼 보였다.

사람들은 그녀가 이제 갓 16세가 되었다고 말들을 했다. 나는 유심히 신랑을 바라보다가 그가 정확히 지난 5년 동안 보지 못했던 율리안 마스따꼬비치임을 깨달았다. 나는 신부를 바라보았다…. 이럴 수가! 나는 사람들을 헤치며 서둘러 교회 밖으로 나가기 시작했다. 신부가 부유한 집안 출신이고 50만 루블의 지참금이 있다… 결혼 비용도 상당하다… 등등의 말이 군중 속에서 들려 왔다.

"어쨌든 계산은 정확했군!"

거리로 빠져 나온 후 나는 이렇게 생각했다.

정직한 도둑

어느 이름 모를 사람의 수기 중에서

어느 날 아침, 내가 직장에 출근할 준비를 다 마쳤을 때 요리사이자 세탁부이며 가정부이기도 한 아그라페나가 내 방에 들어오더니 놀랍게도 나와 이야기를 시작했다. 이 사람은 정말로 말이 없는 단순한 아낙네였기에, 점심식사로 뭘 준비할까에 대해 몇 마디 물어보는 것 이외에는 지금까지 6년 동안 단 한 마디의 말도 한 적이 없었다.

"저, 나리, 말씀 드릴게 있는데요."

그녀가 갑자기 입을 열었다.

"작은 방을 세주셨으면 해서요."

"어떤 방을 말하는 거지?"

"그야 부엌 근처에 있는 것 말이지요. 잘 아시면서."

"뭣 때문에?"

"뭣 때문이라니요! 사람들이 세입자를 들이는 이유야 똑같죠. 잘 아시면서."

"대체 누가 세를 들겠다는 거지?"

"누가 세를 드냐고요! 그거야 세입자가 들지요. 잘 아시면서."

"하지만, 이봐, 거긴 침대 하나 들여 놓지도 못해. 일단 너무 좁을 거란 말이야. 대체 누가 그런 데서 살 수 있겠어?"

"거기서 꼭 살아야 하나요? 잠은 그저 몸 하나 눕힐 공간만 있으면 돼요. 그 사람은 주로 창가에서 지낼 테니까요."

"어떤 창문을 말하는 거지?"

"어떤 창문인지 잘 아시면서… 마치 모르는 것처럼 말하시네요. 현관 쪽에 있는 창문 말이에요. 그 사람은 창턱에 앉아서 바느질을 하든지 아니면 다른 일도 이것저것 하겠죠. 아마 의자에 앉기도 할 거예요. 그 사람은 의자를 가지고 있으니까요. 책상도 가지고 있으니 결국 다 있는 셈이네요."

"대체 뭐 하는 사람인가?"

"아주 좋은 사람이에요. 세상 경험도 많고요. 그 사람 식사는 제가 준비하지요. 방과 식사 합쳐서 한 달에 은화로 3루블 받으면 되겠네요."

오랫동안 애쓴 끝에 마침내 나는 어떤 나이 지긋한 사람이 부엌 옆방에서 하숙할 수 있게끔 아그라페나를 설득해 냈다는 것을 알게 되었다. 아그라페나의 머리에 들어온 생각은 반드시 이루어 주어야만 했다. 그렇지 않고서는 그녀 때문에 내가 아주 힘들어지기 때문이었다. 만일 어떤 일이든 그녀 뜻대로 되지 않는 경우가 생기면 그녀는 즉시 생각에 잠겨 깊은 우울 상태로 빠져들곤 했는데 이런 상태가 2, 3주간 계속되곤 했다. 이 기간 동안 음식은 형편없어지고 세탁물은 제대로 정리되지 않았으며 바닥 역시 제대로 청소가 되지 않았다. 한 마디로, 불쾌한 일들이 많이 생기곤 했던 것이다. 나는 이 말 없는 여자가 어떤 결정을 내리거나 자기 나름의 어떤 생각을 발전시킬 능력이 없다는 것을 이미 오래전에 알아챘다. 하지만 그녀의 빈약한 두뇌에도 생각이나 계획 비슷한 무언가가 어쩌다 우연히 생긴다면, 그것을 실행하지 못하도록 막는 것은 그녀를 당분간 정신적으로 죽이는 것을 의미했다. 따라서 무엇보다도 자신의 평안함이 중요했던 나는 곧바로 그녀의 뜻에 따라 주었다.

"그 사람이 혹시 최소한의 서류, 가령 신분증이나 그 비슷한 뭔가를 가지고는 있나?"

"그야 당연하죠! 잘 아시면서. 좋은 사람이에요, 세상 경험도 많고요. 자기가 알아서 한 달에 3루블 내겠다고 약속했다니까요."

다음 날 나의 소박한 독신자 아파트에 새로운 거주자가 나타났다. 하지만 나는 짜증을 내지 않았을 뿐만 아니라 마음속으로는 기쁘기까지 했다. 나는 완전히 은둔자처럼 고독한 생활을 하고 있었다. 아는 사람이라곤 거의 없었고 따라서 외출도 거의 하지 않았다. 10년간을 귀머거리처럼 지내다 보니 자연히 고독함에도 익숙해졌다. 그러나 언제나 이 독신자 아파트에서만, 그것도 변함없이 아그라페나 같은 여자와 10년, 15년, 어쩌면 그 이상의 시간을 고독하게 보낸다는 것은 정말로 칙칙한 미래가 아닐 수 없다. 따라서 이런 생활 속에 성격 온순한 사람이 한 명 늘어났다는 것은 하늘의 은총이었다!

아그라페나는 거짓말을 하지 않았다. 새로 온 세입자는 실제로 세상 경험이 많은 사람들 중 하나였다. 신분증에는 그가 퇴역 군인이라고 나와 있었는데, 그 점은 신분증을 보지 않고도 그의 얼굴을 통해 첫눈에 알 수 있었다. 그런 건 쉽게 알 수 있으니까. 나의 세입자인 아스따피 이바노비치는 썩 괜찮은 사람이었다. 우리는 처음부터 잘 지냈다. 무엇보다도 좋았던 것은 아스따피 이바노비치가 자기 인생에서 있었던 얘기들이나 경험담들을 때때로 들려주었다는 점이다. 언제나 지루했던 내 삶에서 그러한 이야기꾼의 존재는 보석과 같았다. 한 번은 그가 그러한 이야기들 중 하나를 들려주었는데, 그 이야기는 내게 범상치 않은 인상을 남겼다. 하지만 어떻게 해서 그 이야기를 하게 되었는지, 일단 그것부터 소개하겠다.

어느 날 아스따피와 아그라페나 둘 다 일을 보러 나가고 나 혼자 집에 있을 때였다. 두 번째 방에 있던 나는 갑자기 누군가 낯선 사람이 들어오는 것 같은 소리를 들었다. 나가 보았더니 실제로 현관에 작달만한 키의 낯선 이가 서 있었다. 그는 추운 가을 날씨인데도 불구하고 프록코트 하나만 입고 있었다.

"무슨 일이오?"

"알렉산드로프라는 관리가 여기 삽니까?"

"이보게, 여긴 그런 사람 없네. 잘 가게."

"아니, 수위는 여기 산다고 분명히 말하던데…." 방문객이 문 쪽으로 조심스럽게 물러나며 중얼거렸다.

"이봐, 어서 나가라고, 나가! 가란 말이야!"

다음 날 점심 식사 후에 아스따피 이바노비치가 수선 중이던 프록코트를 나한테 대보고 있을 때 또다시 누군가가 현관 안으로 들어왔다. 나는 방문을 약간 열었다.

어제의 그 남자가 내가 보는 앞에서 옷걸이로부터 긴 외투를 아주 태연하게 벗기더니 겨드랑이에 끼고는 휙 나가 버렸다. 아그라페나는 놀라서 입을 딱 벌리고 계속 그를 쳐다만 볼 뿐, 외투를 지키기 위한 어떤 행동도 하지 못했다. 아스따피 이바노비치는 그 사기꾼 놈 뒤를 쫓아서 달려 나갔으나 10분 뒤 숨을 헐떡거리며 빈손으로 돌아왔다. 그놈은 흔적도 없이 사라져 버렸던 것이다.

"뭐, 운이 나빴다고 생각하세나, 아스따피 이바노비치. 망토 외투가 하나 남아 있으니 됐네. 그것마저 훔쳐갔다면 정말 곤란할 뻔했어."

하지만 아스따피 이바노비치가 너무 놀란 얼굴 표정을 했기에 나는 그 표정을 바라보느라 도둑맞은 일에 대해서는 잊어버릴 지경이었다. 그는 정신을 차릴 수가 없는 것 같았다. 하고 있던 일을 끊임없이 내려놓으면서 그는 이 모든 일이 어떻게 일어났는지, 어째서 도둑이 눈앞 두 걸음 거리에서 외투를 훔쳐 가는 걸 보면서 그냥 서 있기만 했는지, 어째서 도둑을 잡지 못했는지 등등의 얘기를 끊임없이 다시 꺼내곤 했다. 그러고 나서 다시 일거리를 잡았다가는 잠시 후 또다시 내려놓곤 했다. 마침내 그는 이런 일이 집 안에서 벌어지도록 내버려 둔 점을 책망하러 수위에게 갔다. 그러고 나서 돌아오더니 이번에는 아그라페나를 책망하기 시작했다. 그 다음에는 다시 일감을 잡고 앉았지만 이 모든 일이 어떻게 일어났는지, 어떻게 자신은 여기에, 나는 저기에 서 있기만 했는지, 어떻게 두 걸음 눈앞에서 외투를 도둑맞을 수가 있었는지 등등에 대해 혼자서 오랫동안 계속 중얼 중얼댔다. 한마디로 말해 아스따피 이바노비치는 일솜씨는 좋긴 하지만 사소한 일에 구애를 많이 받고 온갖 일에 신경을 쓰는 사람이었던 것이다.

"아스따피 이바노비치, 그놈이 우리를 바보로 만들어 버렸네그려."

저녁 때 내가 그에게 차 한 잔을 주며 말했다. 나는 지루함을 달래기 위해 사라진 외투 이야기를 다시 꺼내고자 했던 것인데, 이제 이야기가 몇 번째 반복되고 거기에 이야기꾼의 엄청난 열성이 더해지다 보니 이야기는 아주 우스꽝스럽고 재미있게 흘러가기 시작했다.

"바보 취급을 당한 거죠, 나리! 비록 내 옷이 없어진 게 아니고 남의 일이긴 하더라도 여하튼 정말 짜증이 나고 화가 뻗칩니다. 세상에 도둑보다 더 역겨운 인간들은 없을 겁니다. 이놈들은 단순히 공짜로 가져간다기보다는 우리가 들인 수고와 흘린 땀과 시간까지도 훔쳐 가는 놈들입니다. 제기랄, 이게 얼마나 추악한 일입니까! 분통이 터져서 더 얘기하기도 싫습니다. 그런데 나리는 별로 화가 나지 않으시나 보군요?"

"물론 화가 나네, 아스따피 이바노비치. 도둑에게 물건을 빼앗기느니 차라리 태워 버리는 게 낫지. 정말 도둑놈들 생각도 하기 싫구먼."

"누가 그놈들 생각을 하고 싶겠습니까! 물론 도둑도 도둑 나름이긴 하지만요…. 그런데, 나리, 사실 저는 정직한 도둑을 만난 적이 한 번 있습니다."

"정직한 도둑을 만났다고? 아스따피 이바노비치, 대체 세상에 어떤 도둑이 정직할 수가 있나?"

"옳은 말씀입니다, 나리. 세상에 정직한 도둑이 어디 있겠습니까, 그런 도둑은 없겠죠. 단지 제가 말하고 싶었던 건 정직해 보인 사람이 하나 있었는데 그가 그만 도둑질을 했다는 겁니다. 그의 처지가 참 안타까웠습니다."

"대체 어떻게 된 일이었나, 아스따피 이바노비치?"

"2년 전쯤의 일이었습니다. 그때 저는 거의 1년쯤

거처 없이 지내야 했던 적이 있었습니다. 그런데 아직 살 곳이 있던 시절에 나는 완전히 망가져 버린 어떤 사람을 우연히 알게 되었습니다. 우리는 선술집에서 처음 만났지요. 그는 엄청난 주정뱅이에다가 방탕하고 게으른 놈팡이였습니다. 그전에는 어디선가 근무를 했다는데, 술버릇 때문에 이미 오래전에 직장에서 쫓겨났다더군요. 참 보잘 것 없는 인간이었습니다. 게다가 입고 다니는 옷 꼴이란! 종종 그가 외투 밑에 셔츠를 입었는지 불확실할 때도 있었습니다. 손에 잡히는 건 뭐든지 팔아서 술을 마셔 버리곤 했으니까요. 그렇다고 해서 불량배는 아니었습니다. 성격이 온순했고 참 다정하고 선량한 사람이었습니다. 남한테 구걸하는 사람도 아니었습니다. 부끄러움을 많이 탔거든요. 그러니 그 불쌍한 사람이 술을 마시고 싶어 하는 기색을 본 사람은 그냥 한 잔 사주게 되는 거지요. 뭐, 그런 식으로 해서 나도 그와 친해졌는데, 아니 그가 내게 달라붙었는데… 어느 쪽이든 상관없습니다. 그런데 그가 하는 짓이란! 마치 강아지처럼 달라붙는 겁니다. 내가 저리 가면 저리로, 이리 오면 이리로 내

뒤를 따라오더군요. 그것도 서로 딱 한 번 보고 난 뒤에 그러더란 말이죠. 그 허약한 몰골이란!

처음엔 하루만 재워달라고 해서 뭐, 그렇게 해 주었습니다. 보아하니 신분증도 제대로 된 것이라서, 별 문제 없는 사람이다 싶었습니다. 그런데 그 다음 날도 와서 또 재워달라고 했고, 세 번째 날에도 와서 하루 종일 창턱에 앉아 있더니 또 남아서 자고 갔습니다. 그렇게 되다 보니 그 사람이 나한테 완전히 들러붙었다는 생각이 들더군요. 불쌍한 사람이라 마실 것도 주고 먹여 주고 잠까지 재워 주었더니 이제는 아예 식객이 되려한다는 생각이 들었던 거지요. 그런데 이 사람은 그전에도 내게 하는 것처럼 어떤 관리에게 들락거리다 그에게 달라붙어 함께 술을 마셔댔다는 겁니다. 그 관리는 술로 세월을 보내다가 나중에는 화병으로 죽어 버렸다더군요.

나한테 들러붙은 이 자의 이름은 예멜랴, 정확히 말하면 예멜랸 일리치였습니다. '이 자를 어떻게 해야 하지?' 나는 줄곧 생각했습니다. 쫓아낼까도 생각했지만 양심에 좀 찔리더군요. 그렇게 불쌍하고 비참한 처지에 있는 사람을 어떻게! 그 말없는 사람은 아무 것도 청하지 않고 그저 강아지처럼 앉아서 내 눈만 쳐다보는 겁니다. 술이란 게 사람을 그런 식으로 망가뜨리더군요. 그 사람에게 뭐라고 말할까 속으로 생각해 보았습니다. '이보게, 예멜랴누쉬까,[1] 여기서 나가 주게. 자넨 여기서 할 수 있는 게 없어. 여긴 자네가 있을 곳이 아니란 말이지. 좀 있으면 나 혼자 먹고 살 것도 없어질 텐데 어떻게 자네까지 먹여 살리겠나?'

내가 이런 말을 하면 그가 어떤 반응을 보일지 앉아서 생각해 보았습니다. 내 말을 들으면 그가 얼마나 오랫동안 나를 바라볼지, 내 말이 무슨 뜻인지 전혀 못 알아먹고 오랫동안 어떤 표정으로 앉아 있을지 훤히 그려지더군요. 그런 다음 내 말이 이해가 되면 창턱에서 일어나 자신이 어디든 들고 다니는, 안에 뭐가 들었는지 도무지 모를 저 구멍이 숭숭 뚫린 붉은 색 격자무늬 보따리를 집어 들 것 같더군요. 그 다음엔

---

1) 이 소설에서 아스따피 이바노비치는 상대를 본명인 예멜랸(Емельян)과 함께 지소형(指小形)으로서 애칭의 뉘앙스를 가지는 예멜랴(Емеля), 예멜랴누쉬까(Емельянушка) 등으로도 부른다.

좀 단정하게 보이고 몸도 좀 따뜻하게 하기 위해, 그리고 사실은 옷에 숭숭 난 구멍들을 가리기 위해 옷매무새를 가다듬었을 겁니다. 그는 섬세한 사람이었거든요! 그 다음엔 문을 열고 눈물을 머금은 채 계단을 내려갔을 겁니다. 아, 이 사람을 완전히 망가지도록 놔두어선 안 되겠다는 생각이 들더군요…. 그가 불쌍해진 겁니다! 그런데 문득 내 자신의 상황도 여의치 않다는 생각이 들었습니다. '잠깐, 예멜랴, 여기서 나와 오래 지낼 수는 없을 걸세. 난 곧 이 집에서 나가야하고 그럼 자네는 날 찾지 못하겠지.' 난 마음속으로 이렇게 결론을 내려놓았습니다.

그래서 나리, 우린 이사를 갔습니다. 그때까지 제가 모시던 알렉산드르 필리모노비치 (이제는 고인이 되셨으니 하늘의 왕국이 그분과 함께 하시기를!) 나리께서는 "아스따피, 나는 자네에게 매우 만족하고 있네. 시골 영지에서 돌아오는 일이 생기게 되면 자네를 잊지 않고 다시 채용토록 하겠네"라고 말씀하셨죠. 저는 그분 댁 집사로 있었는데, 참 좋은 분이셨어요. 하지만 이런 말씀을 하셨던 그해에 돌아가시고 말았지요. 어쨌든 알렉산드르 필리모노비치 나리 댁 식구들을 배웅하고 나서, 전 얼마 안 되는 돈과 짐을 챙긴 후 아는 할머니가 사는 집으로 이사가 조그만 방 한 구석을 세내 살았습니다. 그냥 얼마간 쉬려는 목적이었던 거죠. 그때 그 할머니가 살던 집에 빈 곳이라고는 그것밖에는 없었습니다. 그 할머니는 어딘가에서 유모 노릇을 하다가 이제는 연금을 받으며 혼자 살고 있었습니다. 어쨌든 '여보게, 예멜랴. 잘 가게. 다시 날 보지는 못할 거야'라는 생각이 들더군요.

그런데, 나리, 어떻게 되었을 것 같습니까? 아는 사람을 만나러 갔다가 저녁때쯤 돌아와 보니 내 눈에 처음 띈 게 예멜랴였습니다. 낡은 외투를 입은 채 격자무늬 보따리를 옆에 놓고 내 트렁크 위에 앉아서 날 기다리고 있었던 겁니다…. 게다가 무료했던지 할머니에게서 교회 서적까지 빌어 와 거꾸로 쥔 채 보고 있었습니다. 결국 날 찾아냈지 뭡니까! 양팔이 축 처지더군요. '이젠 어쩔 수가 없구나. 왜 처음부터 쫓아내지 못했을까?'라는 생각이 들었습니다. 그래서 그냥 대놓고 물었죠.

"예멜랴, 신분증은 가져왔나?"

나리, 그때 전 자리에 앉아 이런저런 생각을 해 보기 시작했습니다. '이 방랑벽이 있는 친구가 내 삶에 지장을 줄까?' 결론적으로, 큰 지장이랄 건 없고 약간의 추가 비용만 들이면 되겠다 싶었습니다. 그도 먹어야 하니까요. '아침엔 빵 한 조각이면 될 텐데, 양념을 해서 맛있게 먹으려면 양파만 사서 주면 되겠군. 그리고 점심에도 빵과 양파를 주면 되겠어. 저녁에도 크바스[2]와 양파를 주고 만일 원한다면 빵도 주면 되지. 양배추 스프라도 먹게 되면 우리 둘 다 목구멍까지 꽉 차겠군. 나는 별로 많이 먹는 편이 아니고, 술 좋아하는 사람들은 대개 음식을 잘 먹지 않거든. 이 사람은 약초 브랜디나 초록빛 보드카면 만족하는 사람이니까.'

그가 나를 술로 파멸시킬 수도 있다는 생각이 든

---

2) 호밀이나 보리를 빵의 형태로 만든 다음 잘게 자르거나 부순 후에 효모를 첨가해 발효시킨 러시아 전통 음료이다. 알코올 도수가 대략 2%를 넘지 않으므로 술보다는 청량음료에 가깝다고 볼 수 있다. 사과나 딸기 등을 혼합해 만듦으로써 향취를 더하는 경우도 있다.

것도 사실입니다. 하지만 나리, 그와 동시에 다른 생각도 떠올라 나를 사로잡았습니다. 그것은 예멜랴가 떠나면 내 삶도 그리 행복하지는 못할 것 같다는 느낌이었습니다. 그래서 그때 난 그의 아버지이자 보호자가 되기로 결심을 했습니다. 그를 사악한 파멸로부터 구해 내고 술도 끊게 만들겠다고 생각했던 거지요. '잠깐 기다려, 예멜랴, 좋아, 나와 같이 살아도 되네. 단지 이제부턴 결심을 단단히 해야 하고 명령에 복종해야 해!' 이게 내 생각이었습니다.

그리고 또 생각한 건 이제 그에게 어떤 일이든 가르쳐 봐야겠다는 것이었습니다. 그렇다고 갑자기 시작하는 건 아니고, 처음에는 좀 놀도록 내버려 두면서 얼마간 살펴본 다음 능력에 맞는 일을 찾아 주려는 심산이었습니다. 나리, 모든 일에는 무엇보다도 사람의 재능이라는 게 필요하지 않겠습니까. 그래서 난 그를 몰래 조금씩 살펴보기 시작했습니다. 그는 삶의 희망이 없는 사람처럼 보였습니다. 그래서 난 처음에는 부드러운 말로부터 시작을 했습니다.

"예멜랸 일리치, 이제 자넨 자기 자신을 면밀히 살

펴보고 어떻게든 자신을 고쳐 나가야 해. 아무렇게나 사는 건 이제 그만 두게. 자네가 얼마나 누더기 같은 옷을 입고 다니는지 스스로 한 번 보게나. 자네의 그 거지 같은 외투는, 말하기도 참 거북하지만, 체를 만드는 데나 쓸모가 있겠어. 그래선 안 된다고! 이젠 체면이란 걸 알 때도 됐네."

나의 예멜랴누쉬까는 고개를 떨군 채 얘기를 듣고 있었습니다. 나리, 왜 그랬는지 아시겠어요? 술을 너무 많이 마셔서 말하는 능력도 손상이 된 거였어요. 그러니 이치에 닿는 말은 할 줄 몰랐던 겁니다. 말하자면, 내가 오이에 대해 이야기를 시작하면 그는 콩에 대해 대답을 한다는 겁니다! 내 얘기를 오랫동안 듣고 또 듣더니만 그는 한숨을 푹 내쉬었습니다.

"왜 그렇게 한숨을 쉬나, 예멜랸 일리치?"

"뭐 그냥… 아무 것도 아닙니다, 아스따피 이바노비치, 걱정하지 마세요. 그런데, 아스따피 이바노비치, 오늘 길에서 두 아줌마가 싸웠어요. 어떤 아줌마가 다른 아줌마가 들고 있던 귤이 든 광주리를 우연히 툭 쳐서 귤이 사방에 흩어졌어요."

"음, 그랬군. 그래서 어쨌다는 건가?"

"그랬더니 두 번째 아줌마가 첫 번째 아줌마의 귤이 든 광주리를 일부러 쳐서 엎어 버린 다음에 귤들을 짓밟기 시작했어요."

"아, 그랬군. 그런데 그게 어쨌다는 건가. 예멜랸 일리치?"

"뭐, 아무 것도 아니에요. 아스따피 이바노비치. 그냥 해 본 얘기에요."

'아무 것도 아니라고… 그냥 해 본 얘기라고… 아이고, 예멜랴, 예멜류쉬까! 술을 너무 마셔서 자네 머리가 어떻게 된 모양이구먼.' 나는 속으로 생각했습니다.

"아, 그리고 어떤 나리가 고로호바야 거리에서 지폐를 한 장 떨어뜨렸는데, 아니, 사도바야 거리였네요. 어떤 사내가 그걸 보고 "운 좋네"라고 말을 하며 주우려고 하는데 다른 사내가 그걸 보고 "아니, 내 운이야! 내가 너보다 먼저 보았거든"이라고 말을 하는 겁니다."

"그래서, 예멜랸 일리치?"

"그래서 두 사내가 싸우기 시작했어요, 아스따피

이바노비치. 그때 순경이 오더니 지폐를 집어 그걸 잃어버린 나리께 주었고 두 사내에게는 파출소에 집어넣겠다고 위협을 했습죠."

"음, 그래서 어쨌다는 거지, 그 얘기에 뭔가 교훈적인 면이라도 있다는 건가, 예멜랴누쉬까?"

"그런 건 아니고요. 사람들이 웃었어요, 아스따피 이바노비치."

"아이고, 예멜랴누쉬까! 사람들이 웃었다고! 자네는 마치 3꼬뻬이까짜리 구리 동전에 자기 정신을 팔아먹은 것 같아. 이보게, 예멜랸 일리치, 자네에게 할 말이 있네."

"뭔가요, 아스따피 이바노비치?"

"무슨 일이든 시작을 해 보게, 진심으로 말하는데, 시작을 해 보라고. 수없이 말하지만, 일을 시작해 보란 말이야. 자기 자신을 불쌍히 여기라고!"

"제가 대체 어떤 일을 할 수 있을까요, 아스따피 이바노비치? 전 무슨 일을 해야 할지 정말 모르겠어요. 그리고 저를 쓰려는 사람 역시 아무도 없을 거예요, 아스따피 이바노비치."

“예멜랴, 자네를 쓰지 않으려는 건 자네가 직장에서 쫓겨난 바로 그 이유 때문이야. 자넨 술주정뱅이잖아!”

“그런데 오늘 식당에서 종업원인 블라스가 사무실로 불려 갔어요, 아스따피 이바노비치.”

“그가 왜 불려 갔나, 예멜랴누쉬까?”

“아, 그건 잘 모르겠어요, 아스따피 이바노비치. 뭐, 그럴 필요가 있으니까 불려 간 거겠죠.”

그의 말을 듣고 나니 ‘아이고, 이젠 우리 둘 다 돌아버렸군. 하느님께서 우리의 죄를 벌하시겠어!’라는 생각이 들더군요. 아, 이런 사람과 무슨 일을 할 수 있겠습니까, 나리?

하지만 그는 눈치가 빠른 인간이었습니다. 내 말을 계속 듣다가는 결국 지겨워하는 것 같더군요. 그래서 그 꼴을 보고 내가 화가 났다는 것을 눈치 채면 이번에는 외투를 집어 들고 슬며시 집을 빠져나가는 겁니다. ‘혹시 내 옆에 누가 있었나?’라고 반추해 볼 정도로 아무 흔적도 없이 말이죠. 그러고는 하루 종일 어슬렁거리며 돌아다니다가 저녁 무렵에야 술이 잔뜩 취해서 돌아옵니다. 누가 술을 먹였는지, 아니면 어디서 돈이 났는지는 하나님만이 아시는 일이겠고, 내가 어찌할 수는 없는 노릇이었습니다.

"안 돼, 예멜랸 일리치, 계속 이러다가는 자네 정말 큰일날거야. 술을 끊어, 알겠냐고, 술을 끊으란 말이야! 다음에 또다시 취해서 돌아오면 그땐 계단에서 자게 하겠어. 집 안에 못 들어오게 하겠다고!"

지시를 잘 알아들었는지 나의 예멜랴는 하루 이틀 집에 있었습니다. 그런데 3일째 되는 날 홀연 사라져 버렸습니다. 기다리고 또 기다렸지만 돌아오질 않았습니다. 솔직히 말하자면, 난 겁이 많이 났고 또한 그가 불쌍해지기도 했습니다. 내가 그에게 무슨 짓을 했는지 생각해 보았습니다. 난 그를 윽박질렀던 것이었습니다. 이 불쌍한 사람은 지금 어디로 갔을까? 오, 하나님! 어쩌면 완전히 사라져 버리는 것이 아닐까요? 밤이 되어도 그는 오지 않았습니다. 그런데 아침에 현관으로 나가 보았더니 글쎄 거기서 잠을 자고 있는 것이었습니다. 계단에 머리를 올려놓고 누워 있었는데 추위 때문에 몸이 완전히 딱딱하게 굳어 있었습니다.

“이게 어떻게 된 건가, 예멜랴? 세상에나! 어디 갔었어?”

“아스따피 이바노비치, 당신은 일전에 나한테 화를 내고 괴로워하시면서, 술 마시고 오면 현관에서 자게 하겠다고 말했죠. 그래서 들어올 용기가 나지 않아 여기 누운 거예요.”

증오와 연민의 감정이 동시에 나를 사로잡았습니다.

“예멜랸, 자넨 정말 아무거나 다른 직무를 찾아보는 게 좋겠어. 여기서 이렇게 계단을 지키는 것 말고 말이야!”

“대체 어떤 다른 직무 말입니까, 아스따피 이바노비치?”

“이 도저히 어쩔 수 없는 인간아(이 대목에서 증오심이 일어났습니다!), 하다못해 재봉기술이라도 좀 배울 수 있잖아. 자네의 그 외투라는 게 어떤 상태인지 좀 보라고! 구멍이 숭숭 뚫린 것도 모자라 그걸로 계단을 문질러대고 있잖아! 바늘로 구멍들을 꿰매 붙이면 좋잖아, 체면이 좀 살도록 말이야. 아이고, 이 술주정뱅이야!”

그래서 어떻게 되었을까요, 나리! 그는 정말로 바늘을 집어 들었습니다. 난 농담으로 한 말이었는데 그는 움찔해서 바늘을 잡은 것이었지요. 외투를 벗고는 바늘에 실을 꿰기 시작했습니다. 나는 그를 지켜보았습니다. 뭐, 안 봐도 뻔한 일이었지만, 술로 인해 짓무른 눈이 빨갛게 충혈되기 시작했습니다. 손은 덜덜 떨고 있고, 도대체 뭘 하는 건지! 실을 바늘에 밀어 넣고 또 밀어 넣어도 들어가지가 않더군요. 그는 눈을 깜빡거리면서 실 끝에 침을 바르기도 하고 손으로 꼬기도 해 보았지만 결국 실패했습니다. 그러자 그는 포기하고 나를 쳐다보는 것이었습니다.

"어휴, 예멜랴, 자넨 내 소원을 참 잘도 들어 주는구먼. 만일 사람들이 우리가 하는 꼴을 보고 있었다면 난 창피해서 죽어 버렸을 거야. 이 단순한 사람아, 내가 자네에게 아까 했던 말은 좀 꾸중을 하려고 농담조로 한 건데…. 자네한테 바느질 시키는 건 죄악이나 다름없으니 이젠 그만 두게. 신께서 자네와 함께 하시길! 일은 안 해도 되니 창피한 짓만 하지 말게. 계단에서 자지도 말고 말이야. 날 창피하게 만들지만 말라고!"

"그럼 제가 어떻게 하면 좋을까요, 아스따피 이바노비치? 제가 술주정뱅이라서 아무짝에도 쓸모없다는 건 저 자신도 잘 압니다! 하는 짓이라곤 저의 은… 은인이신 당신께 쓸데없이 속만 썩여드리는 것밖에 없으니…."

그때 갑자기 그의 퍼런 입술이 떨리기 시작하더니 눈물이 허연 뺨을 타고 굴러 내렸습니다. 깎지 않은 수염에 맺혀 있던 눈물이 다시 아래로 흘러내리기 시작했을 때 나의 예멜랸은 갑자기 홍수 같은 눈물을 터뜨렸습니다…. 아, 이런! 나는 마치 칼로 도려내는 것처럼 가슴이 아팠습니다.

"아아, 자넨 참 민감한 사람이로군, 자네한테 이런 면이 있을 거라곤 전혀 생각을 못했어. 누가 이런 걸 생각이나 하고 추측할 수 있었겠나? 아니야, 예멜랴, 난 이제 자네에게서 완전히 손을 떼겠네. 자네의 그 누더기 옷처럼 어디든 마음대로 다니게!"

자, 나리, 이 얘기를 더 이상 길게 할 필요가 있겠습니까? 모든 것이 공허하고 볼품없는 얘기여서 말할 가치도 없습니다. 나리라면 그 다음 얘기를 굳이 들으려고 찌그러진 동전 두 개도 내지 않으시겠지요. 하지만 만약 내게 돈이 많았다면, 난 그 후의 모든 일이 발생하지 않도록 하려는 단 한 가지 목적을 위해서라도 많은 돈을 썼을 겁니다. 나리, 그때 나에겐 승마 바지가 한 벌 있었는데, 격자무늬가 있는 푸른색의 진짜 기가 막히게 좋은 승마 바지였습니다. 여기 자주 오던 지주 한 분이 주문한 것이었는데, 다 만들고 나니 크기가 작아 못 사겠다고 하더군요. 그래서 그 바지는 내 손에 남게 되었지요. '이건 값진 물건이야!'라는 생각이 들었습니다. 중고 시장에서라면 은화 다섯 개는 받을 수 있을 것 같았고, 그게 아니라면 재가공해 뻬쩨르부르그 신사들을 위한 바지 두 벌을 만들고, 남는 옷감으로는 민소매 조끼도 하나 더 만들 수 있을 것 같았습니다. 사실 우리같이 가난한 사람들에게 그런 물건은 대단한 거지요.

그런데 당시 예멜랴누쉬까는 혹독하고도 슬픈 나날을 보내고 있었습니다. 보아하니 첫 날에 술을 마시지 않았고, 둘째 날도 마시지 않았으며, 그 다음 날에도 술기운이 돌 수 있는 건 입에 넣지 않았습니다. 그러다 보니 사람이 완전히 멍해져서 불쌍하고 의기소침하게 앉아 있었습니다. 나는 '술 마실 돈이 한 푼도 없거나, 아니면 신의 뜻에 따라 술을 끊는 길로 들어서서 이제 도리에 맞게 행동하고 있구나'라고 생각했지요.

자, 나리, 지금부터 할 얘기도 모두 실제 있었던 일입니다. 그날은 큰 축일이어서 저는 저녁기도회에 참석했습니다. 그런데 집에 돌아와 보니 예멜랴가 술에 잔뜩 취한 채 창턱 자리에 앉아 꾸벅거리고 있었습니다. '아이고, 자넨 결국 이런 인간인가!'라고 생각한 후 저는 뭘 좀 꺼내려고 트렁크 쪽으로 걸음을 옮겼습니다. 그런데 안을 들여다보니 승마바지가 없는 겁니다! 여기저기 찾아보았지만, 없더라고요! 구석구석 뒤져보아도 없기는 마찬가지였고, 그러자 심장이 마치 날카로운 것으로 긁히는 느낌이 들더군요. 할머니에게도 뛰어가서 처음에는 너무하다 싶을 정도로 그녀를 추궁했습니다. 예멜랴의 경우에는 취한 채 창턱에 앉아 있었다는 것만으로도 증거가 될 수도 있었지만 나는 조금도 그를 의심하지 않았습니다. 할머니가

말을 하더군요,

"이보게 신사 양반, 주님의 가호가 자네에게 있기를! 하지만 난 아니야. 나한테 승마바지가 왜 필요하겠나? 입으려고? 며칠 전에 자네같이 선량한 사람에게 어울릴 내 치마 하나가 사라지긴 했지…. 뭐, 그러니까 어쨌든 난 그 바지에 대해선 몰라, 모른다고."

"누가 여기 있었나요? 나 없는 동안 누가 왔었나요?"

"아니, 신사 양반, 아무도 오지 않았어. 난 여기 계속 있었는데, 예멜랸 일리치가 나갔다가 들어온 게 다야. 저기 앉아 있네! 저 사람에게 물어봐."

"예멜랴, 자네 혹시 무슨 필요가 있어서 내 새 승마바지 가져가지 않았나? 기억하지? 그 지주에게 주려고 전에 만들어 놨던 것 말이야."

"아니오, 아스따피 이바노비치, 저는 그것을… 뭐냐하면… 가져가지 않았어요."

이게 무슨 기이한 일입니까? 저는 다시 바지를 찾기 시작해서 찾고 또 찾아보았지만 바지는 나오지 않았습니다. 예멜랴는 앉아서 꾸벅꾸벅 졸고 있더군요. 나리, 그래서 전 이렇게 그의 바로 앞에서 트렁크 위로 몸을 기울이고 웅크려 앉아 있다가 문득 그를 째려보기 시작했습니다. 아, 그것 참! 심장이 타들어 가는 듯 했습니다. 얼굴도 붉어졌고요. 갑자기 예멜랴도 나를 쳐다보기 시작했습니다.

"아니에요, 아스따피 이바노비치, 전 당신의 그거… 승마 바지, 그것을… 당신은 어쩌면 내가 그걸 어떻게 했다고 생각하시겠지만, 하지만 난 가져가지 않았어요."

"그렇다면 대체 그게 어디로 사라졌을까, 예멜랸 일리치?"

"아니오, 아스따피 이바노비치, 난 그 바지를 본 적도 없어요."

"그렇다면 뭔가? 바지가 흔적도 없이 제 스스로 걸어 나가 사라져 버릴 수도 있다는 건가?"

"그럴지도 모르죠, 아스따피 이바노비치."

그의 말을 다 듣고 난 후, 난 자리에서 일어나 창가로 가 램프에 불을 밝히고 일감을 꿰매기 시작했습니다. 아래층에 살던 관리의 민소매 조끼를 수선했지요. 하지만 가슴 속은 화끈거리고 쑤시는 것 같았습니다. 차라리 내 모든 옷들을 난로에 넣고 태워 버린 상태였다면 오히려 신경도 안 쓰고 마음도 더 편할 듯했습니다. 예멜랴도 내가 분노에 사로잡혔다는 것을 느꼈나 봅니다. 사람은 일단 죄를 지으면 앞으로 문제가 터질 것을 예감하잖아요. 하늘의 새가 다가올 폭풍을 예감하듯이 말이죠.

"그런데 말이죠, 아스따피 이바노비치,"

예멜류쉬까가 입을 열었습니다. 목소리가 떨리고 있더군요.

"간호장 안찌프 쁘로호리치가 얼마 전에 죽은 마부의 마누라랑 오늘 결혼했다네요."

나는 그를 쳐다보았는데, 이제는 증오에 찬 눈으로, 아마 그런 눈으로 쳐다본 것 같습니다…. 예멜랴도 그걸 알아차렸습니다. 자리에서 일어나 침대 쪽으로 가더니 그 근처를 뒤지며 뭔가를 찾기 시작하더군요. 나는 기다렸습니다. 그는 오랫동안 부산을 떨면서 연신 다음과 같이 중얼거렸습니다.

"정말 없네. 이놈의 것이 어디로 사라졌다는 거지?"

어떻게 되는지 계속 보고 있었더니, 이번에는 무릎을 꿇고 침대 밑으로 기어 들어가는 겁니다. 나는 더 이상 참을 수가 없었습니다.

"이보시오, 예멜랸 일리치, 당신은 도대체 왜 기어 다니시고 있는 겁니까?"

"혹시 여기에 바지가 있나 해서요, 아스따피 이바노비치. 여기 어딘가에 떨어져 있을지도 모르니 찾아봐야죠."

"뭣 때문에, 나리(나는 화가 나 그를 높여 부르기 시작했습니다), 당신께선 뭣 때문에 가난하고 별 볼 일 없는 저 같은 사람을 도우려 하십니까? 괜히 무릎만 고생시키면서 말이죠."

"무슨 그런 말씀을, 아스따피 이바노비치, 전 그냥…. 바지는 찾아보면 나올 거예요."

"으음, 내 말 좀 들어보게, 예멜랸 일리치!"

"무슨 말을요, 아스따피 이바노비치?"

"내 바지를 도둑처럼, 사기꾼처럼 그냥 훔쳐간 건 자네 아닌가? 먹여 주고 재워 준 것에 그런 식으로 보답하면서 말이야."

나리도 이해하시겠지만, 그가 내 앞에서 무릎을 꿇고 마루를 기기 시작하는 바로 그 모습 때문에 난 이토록 분통이 터졌던 겁니다.

"아닙니다요… 아스따피 이바노비치…."

그러더니 자신은 아까처럼 침대 밑에 엎드린 자세로 그대로 있었습니다. 한참을 그렇게 엎드려 있더니 나중엔 기어 나오더군요. 얼굴을 쳐다보니 마치 침대보처럼 창백했습니다. 그는 일어나 창가의 내 옆에 다가와 앉더니 그렇게 10분가량 앉아 있었습니다.

"아닙니다, 아스따피 이바노비치"

그는 이렇게 말하더니 갑자기 일어나서 내게로 다가왔는데 악마같이 무서웠던 그 모습이 지금도 눈앞에서 보듯 선합니다.

"아닙니다, 아스따피 이바노비치, 난 당신의 승마바지를… 절대… 가져가지 않았어요…."

그는 온몸을 부들부들 떨며 떨리는 손가락으로 자기 가슴을 찔러댔습니다. 그의 목소리가 엄청나게 떨리고 있었기에, 나는 겁이 나 창문에 딱 달라붙은 듯 움직이지 못했습니다.

"뭐, 당신이 그렇다면 그런 것이겠죠, 예멜랸 일리치. 만약 나라는 바보 같은 인간이 당신을 공연히 책

망했다면 용서하십시오. 승마 바지는 그냥 없어지라고 하지요. 그것 없이도 살 수는 있으니까요. 다행히 손이 멀쩡하니까 우리 도둑질은 하지 맙시다. 다른 가난한 사람들에게 구걸할 필요도 없겠고요. 열심히 밥벌이 합시다."

내 말을 끝까지 들은 후 예멜랴는 내 앞에 한동안 계속 서 있었습니다. 내가 한 번 얼굴을 쳐다보니 그때서야 앉았습니다. 저녁 내내 그렇게 미동도 않고 앉아 있었습니다. 내가 잠자리에 들 때까지도 그는 계속해서 그 자리에 앉아 있더군요. 다음 날 아침에 눈을 떠 보니 그가 자신의 외투를 입은 채 몸을 구부리고 맨 바닥에 누워 있는 것이 보였습니다. 자신의 처지가 고통스러울 정도로 비굴해지자 침대에 갈 마음도 생기지 않았나 봅니다.

나리, 전 그날부터 그가 싫어졌습니다. 처음 며칠간은 그를 증오하기도 했습니다. 그건 예를 들어 나의 친아들이 내 물건을 훔친 후 내게 깊은 모욕을 가한 것이나 마찬가지였습니다. '아, 예멜랴, 예멜랴!' 이런 외침이 마음속에 일었습니다. 하지만 나리, 예멜랴는

2주 동안 술 깰 틈도 없이 계속 마셔대는 것이었습니다. 완전히 미친놈처럼 될 때까지 계속 퍼 마셔대더군요. 아침 일찍 나갔다가 밤늦게 돌아오곤 했는데, 그 2주 동안 나는 그로부터 단 한 마디도 듣지 못했습니다. 그는 그때 어떤 슬픔으로 인해 괴로워했거나 아니면 자신이란 존재를 어떻게든 끝장내 버리고 싶었음이 분명합니다. 더 못 먹을 정도로 충분히 퍼 마셨는지, 자기가 가진 걸 다 털어 마셔 버렸는지, 마침내는 멈추더군요. 그리고는 창가 자리로 돌아와 앉았습니다. 그가 3일간 말없이 가만히 앉아 있던 것이 기억납니다. 그러더니 갑자기 우는 게 아니겠어요! 앉아서 울더라고요. 그 모습이란! 마치 그 자신은 눈물을 흘리고 있다는 사실조차 느끼지 못하는 듯, 눈물이 그야말로 빗물처럼 줄줄 흘러내렸습니다. 그런데 나리, 어른이, 그것도 예멜랴와 같은 나이 든 사람이 불행과 슬픔으로 인해 우는 모습을 보는 것은 괴로운 일이더군요.

"자네 왜 그러나?"

나의 이 물음에 그가 흠칫 몸을 떨더니 급기야 온

몸을 부르르 떨었습니다. 그날 이후 내가 처음으로 그에게 말을 걸었던 것이지요.

"아무 것도 아닙니다, 아스따피 이바노비치."

"주님이 자네와 함께 하기를, 예멜랴, 지나간 일을 생각지 말게. 되돌릴 수 없으니까. 왜 그렇게 부엉이처럼 우울하게 앉아 있나?"

나는 그가 불쌍해졌습니다.

"그냥요, 아스따피 이바노비치, 별일 아닙니다. 그런데 저 어떤 일이든 한 번 해 보고 싶어요, 아스따피 이바노비치."

"대체 어떤 일을 생각하고 있는 건가, 예멜랸 일리치?"

"그냥, 어떤 일이든 좋아요. 예전처럼 직장을 다닐 수도 있고요. 이미 페도세이 이바노비치에게도 부탁하고 왔거든요…. 당신께 폐를 끼치고 사는 건 좋지 못한 일입니다. 아스따피 이바노비치, 전 직장을 얻게 되면 먹여 주시고 재워 주신 것 모두 다 갚아 드리고 보답하겠습니다."

"됐네, 예멜랴, 됐어. 자네한테 잘못이 있긴 했지만 다 지난 일일세! 그 얘긴 더 이상 할 필요 없어! 우리

이제 예전처럼 살아 보자고."

"아니에요, 아스따피 이바노비치, 당신은 아마 계속 그 일을 말씀하시는 것 같은데… 하지만 난 당신의 바지를 가져가지 않았어요…."

"그거야 아무려면 어떤가? 이젠 그만 하자고, 예멜랴누쉬까!"

"아닙니다, 아스따피 이바노비치. 아무래도 전 더 이상은 이 집에 살 사람이 아닌 것 같습니다. 이만 떠나도록 할게요, 아스따피 이바노비치."

"아이고 이런! 대체 누가 자네를 기분 나쁘게 해서 집에서 쫓아낸다는 건가? 내가 그랬나?"

"아닙니다. 이런 식으로 당신 집에 사는 건 올바르지 않아서 그럽니다, 아스따피 이바노비치. 저는 나가는 게 낫겠어요."

그는 몹시 모욕감을 느꼈던 것이었습니다. 그를 보았더니 정말로 자리에서 일어나 외투를 어깨에 걸치는 것이었습니다.

"대체 어디로 간다는 건가, 예멜랸 일리치? 정신 좀 차리라고! 대체 왜 이러는 거야? 어디로 가겠다는 거냐고?”

“아닙니다, 안녕히 계세요, 아스따피 이바노비치. 절 잡지 말아 주세요.”

그는 또다시 흐느끼기 시작했습니다.

“저는 죄를 지었기에 떠나려는 겁니다, 아스따피 이바노비치. 당신은 이미 예전 같지 않아졌어요.”

“예전 같지 않다고? 난 예전과 똑같아! 하지만 자넨 꼭 철없는 어린아이 같아. 그러니 자네 혼자 있으면 나락에 빠질 거야, 예멜랸 일리치.”

“아닙니다, 아스따피 이바노비치, 당신은 이젠 외출할 때면 트렁크를 잠그시더군요. 전 그런 모습을 볼 때마다 눈물이 납니다…. 됐습니다, 이제 저를 보내 주시는 게 좋아요, 아스따피 이바노비치, 그리고 같이 사는 동안 당신께 폐를 끼친 모든 걸 용서해 주세요.”

그래서 어떻게 되었을까요, 나리? 그는 정말로 떠났습니다. 나는 하루를 기다리면서 밤까지는 돌아올 거라고 생각했습니다. 그런데 돌아오지 않더군요! 둘째 날도, 셋째 날도 역시 돌아오지 않았습니다. 나는 경악을 했고 우울해서 견딜 수가 없었습니다. 마시지도 먹지도 못했고 잠도 잘 수 없었습니다. 그는 나를 완전히 무기력하게 만들었던 겁니다! 넷째 날 나는 술집을 모조리 찾아다니면서 물어보았지만 아무도 그의 행방을 몰랐습니다. 예멜랴누쉬까는 사라졌습니다. 나는 생각했습니다. '자네 벌써 그 불행한 목숨을 다한 건 아니겠지? 어쩌면 이 주정뱅이는 어딘가 울타리 옆에서 죽어서 이제는 썩은 통나무처럼 거기 누워 있을지도 몰라.' 나는 정신이 거의 나간 상태에서 녹초가 되어 집으로 돌아왔습니다. 그 다음 날도 찾아 나서기로 결심을 했습니다. 그리고 '그 어리석은 인간이 마음대로 떠나도록 왜 놔두었을까?'라는 생각을 하며 스스로 자신을 저주했습니다.

다섯 째 날은 휴일이었는데, 나는 동도 트기 전에 문이 삐걱거리는 소리를 들었습니다. 문 쪽을 보았더니 예멜랴가 들어오는 것이었습니다. 얼굴은 새파랗고 머리는 마치 거리에서 잠을 잔 듯 먼지를 온통 뒤집어 쓴 상태였습니다. 몸은 나무토막처럼 깡말라 있었습니다. 그는 외투를 벗더니 내 트렁크 위에 앉아 나를 바라보았습니다. 나는 기뻤지만 동시에 전보다 더 심한 우울감이 내 영혼을 죄어 왔습니다. 나리, 이건 무슨 뜻이냐면, 만일 내가 그런 죄를 저질렀다면 솔직히 말해서 그냥 개처럼 죽어 버리고 말지 결코 돌아오지는 않았을 것이란 겁니다. 그런데 예멜랴는 돌아왔습니다! 그런 상태에 있는 인간을 마주 대하는 것은 당연히 힘겨운 일이었습니다. 나는 그를 부드럽게 대하며 보살피고 위로하기 시작했습니다.

"예멜랴누쉬까, 자네가 돌아와서 기쁘네. 조금만 더 늦게 왔더라면 오늘도 난 자네를 찾기 위해 술집들을 뒤지러 출발했을 거야. 뭣 좀 먹었나?"

"먹었습니다, 아스따피 이바노비치."

"먹었다고? 그런 말 하지 말게. 이보게, 여기 어제 만든 양배추 수프가 조금 남아 있네. 멀건 게 아니라 소고기도 좀 들어 있어. 그리고 여기 빵과 양파도 있네. 어서 먹게나. 건강을 위해 먹어 두는 게 좋을 거야."

그에게 음식을 주고 나서 보았더니 한 3일은 굶은 사람 같았습니다. 정말 게걸스럽게 먹더군요. 배고픔이 그를 내게로 돌아오게 만들었나 봅니다. 그 불쌍한 사람을 바라보며 나는 감동을 느꼈습니다. 나는 생각했습니다. '술집에라도 갔다 올까? 그동안 쌓인 거 풀도록 한 잔 줘도 되겠지. 그렇게 해서 우리 사이의 일은 마무리하는 거야. 됐어! 예멜랴누쉬까 난 자네에게 더 이상 나쁜 감정이 없네!'

그래서 보드카를 가져다주고 나서 말했습니다.

"예멜랸 일리치, 축일을 위해서 한 잔 하세. 할 거지? 아주 괜찮은 술이야."

그는 팔을 뻗어, 자 이렇게 탐욕스럽게 팔을 뻗어 술잔을 잡으려 하다가 동작을 멈췄습니다. 잠시 기다리더니 술잔을 잡고 입으로 가져가는데, 술잔이 떨려서 술이 소매로 튀었습니다. 어쨌든 술잔을 입에 대는가 싶더니 바로 다시 탁자에 내려놓았습니다.

"왜 그러나, 예멜랴누쉬까?"

"아닙니다, 아스따피 이바노비치, 저는…."

"마시지 않을 건가? 그런 거야?"

"네, 아스따피 이바노비치, 저는 더 이상은… 술을 마시지 않을 겁니다."

"그러니까, 술을 완전히 끊겠다는 건가, 아니면 그냥 오늘은 마시지 않겠다는 건가?"

그는 대답을 하지 않았습니다. 얼마 후 그가 머리를 손에 기대고 있는 것이 보였습니다.

"왜 그러나, 어디가 아픈 건가, 예멜랴?"

"뭐 그냥… 몸이 좀 좋지 않네요, 아스따피 이바노비치."

나는 그를 데려다 자리에 눕혔습니다. 살펴보니, 정말로 몸이 아픈 것 같았습니다. 이마에선 열이 나고 오한으로 인해 몸을 떨고 있었습니다. 나는 하루 종일 그의 머리맡에 앉아 있었습니다. 밤이 되자 증상이 더 심해졌습니다. 나는 그를 위해 식용 기름과 양파를 크바스에 넣어 섞었고 빵도 몇 조각 뿌려 넣어서 건네주었습니다.

"이 쮸랴[3] 좀 먹어 보게. 혹시 좀 나아질 수도 있으니 말이야."

그는 머리를 가로젓더니 말했습니다.

"아니오, 아스따피 이바노비치, 오늘은 아무 것도 먹지 않겠어요."

---

3) 잘게 자른 빵 조각들과 파(혹은 양파)를 식용 기름과 버무린 후 크바스(혹은 물이나 우유)에 넣어 버무려 먹는 러시아 전통 음식.

나는 그를 위해 차를 준비하기도 하고 할머니를 정신없이 졸라대기도 하였지만, 나아지는 기미는 보이지 않았습니다. 아무래도 조짐이 좋지 않아서 3일째 되는 날 아침에는 의사를 부르러 갔습니다. 근처에 꼬스또쁘라보프라는 아는 의사가 살고 있었습니다. 내가 전에 보소먀긴 집안에서 일할 때 알게 된 사람인데 그때 나를 치료해 준 적이 있었습니다. 그 의사가 와서 살펴보더니 이렇게 말했습니다.

"상태가 좋지 않군요. 나를 부르러 올 필요도 없었네요. 뭐, 이 가루약이나 먹여 보시죠."

하지만 난 그에게 가루약을 먹이지 않았습니다. 의사가 그냥 의례적으로 한 말일 뿐이라는 걸 알았기 때문이죠. 그러는 동안 5일째 날이 왔습니다.

나리, 그는 내 앞에 누운 채 죽어가고 있었습니다. 그때 나는 일감을 쥐고 창가에 앉아 있었고 할머니는 난로를 피우고 있었습니다. 우린 모두 한 마디 말이 없었습니다. 나리, 저는 그 사람, 그 술주정뱅이 때문에 가슴이 찢어지는 것 같았습니다. 마치 내 친아들을 떠나보내는 것 같더군요. 굳이 그를 쳐다보지 않더라도, 그가 나를 계속 바라보고 있다는 것은 알고 있었습니다. 이른 아침부터 그가 뭔가를 참고 있다는 것, 어떤 말을 하고 싶지만 용기를 내지 못하고 있다는 것이 느껴지더군요. 마침내 그에게 눈길을 보내자 그 불쌍한 사람이 눈에 슬픔이 가득한 채 내게서 눈을 떼지 않고 있는 것이 보였습니다. 하지만 내가 자신을 바라본다는 것을 알자 그는 바로 눈을 내리 깔았습니다.

"아스따피 이바노비치!"

"왜 그러나, 예멜류쉬까?"

"만약에, 예를 들어, 제 외투를 중고 시장에 내다 팔면 값을 많이 쳐줄까요, 아스따피 이바노비치?"

"글쎄, 많이 쳐줄지는 알 수 없지. 아마 3루블 지폐 한 장은 받을 수 있을 것 같은데, 예멜랸 일리치."

하지만 정말로 그 물건을 가지고 간다면 한 푼도 받지 못할뿐더러, 저런 볼썽사나운 물건을 팔려는 사람도 있냐며 대놓고 비웃음만 당했을 겁니다. 하지만 난 이 유순한 사람의 단순하기 그지없는 성품을 잘 알고 있었기에 그를 위안하기 위해 그렇게 말했던 겁니다.

"그런데 전, 아스따피 이바노비치, 사람들이 3루블 지폐가 아니라, 더 많이, 그러니까 은화로 3루블은 낼 거라고 생각했어요. 내 외투는 나사 천으로 만들었잖아요, 아스따피 이바노비치. 나사 천으로 만들었는데 도대체 어떻게 3루블 지폐 한 장밖에 안 되죠?"

"잘 모르겠네, 예멜랴 일리치. 하지만 만일 그렇게 받고 싶다면 물론 처음부터 은화 3루블이라고 확실히 말해 두는 게 좋겠지."

예멜랴는 잠시 동안 말이 없더니 얼마 후 다시 내 이름을 불렀습니다.

"아스따피 이바노비치!"

"왜 그러나, 예멜랴누쉬까?"

"제가 죽거든 제 외투를 내다 파세요. 그걸 입힌 채로 묻지는 말아 주세요. 그거 입지 않고도 누워 있을 수 있어요. 그리고 그건 값이 나가는 물건이니까 당신께 보탬이 될 수도 있을 거예요."

나리, 그 얘기를 들으면서 내 마음이 얼마나 아팠는지 말로 표현할 수가 없네요. 죽음 전의 애수가 그에게 다가오고 있는 것 같았습니다. 우리는 또다시 아무 말도 하지 않았습니다. 그렇게 시간이 흘렀습니다. 나는 다시 그를 쳐다보았습니다. 그는 계속 나를 바라보고 있었는데 시선이 마주치자 또다시 눈을 내리 깔았습니다.

“물 좀 마시겠나, 예멜랸 일리치?”

“주세요, 주님이 당신과 함께 하시길, 아스따피 이바노비치.”

나는 그에게 물을 마시도록 해 주었고 그는 마셨습니다.

“고맙습니다, 아스따피 이바노비치.”

“다른 건 더 필요한 게 없나, 예멜랴누쉬까?”

“아니요, 아스따피 이바노비치, 아무 것도 필요 없어요. 그런데 제가 그….”

“뭐라고?”

“그거 말이에요….”

“그거라니 뭘 말하는 건가, 예멜랴누쉬까?”

“그 바지 말이에요. 그거… 그때 그 바지 제가 훔쳤어요…, 아스따피 이바노비치.”

“아아, 주님께서 자네를 용서하실 걸세. 예멜랴누

쉬까, 이 불쌍한 사람아, 이 매정한 사람아, 편안히 잘 떠나게!"

하지만 나리, 내 자신은 숨이 막혀 오고 눈물이 솟구쳐 잠시 몸을 돌리려 했습니다.

"아스따피 이바노비치…."

고개를 돌려 봤더니 예멜랴가 내게 무슨 말을 하려는 것 같았습니다. 스스로 몸을 일으키려 애쓰며 힘겹게 입술을 움직이고 있더군요…. 그는 얼굴이 온통 붉어진 채 나를 바라보았습니다…. 그러더니 갑자기 얼굴이 점점 창백해지다가 몸이 순간적으로 축 처지고 고개도 뒤로 젖혀졌습니다. 그는 한 번 숨을 쉬더니 곧 영혼을 하나님께 맡겼습니다.

보보크

어떤 인물의 수기

이번에는 『어떤 인물의 수기』를 게재한다. 이 인물은 내가 아니다. 전혀 다른 사람이다. 더 이상의 어떤 서문(序文)도 필요하지 않으리라 생각한다.

세묜 아르달리오노비치가 그저께 갑자기 나에게 이렇게 물었다.

"이반 이바노비치, 자네가 정신을 차리는 날이 오기는 하는 건가? 제발 말 좀 해 보게나."

이상한 요구이다. 나는 기분 나쁜 티를 내지는 않는다. 나는 소심한 사람이기 때문이다. 하지만 나를 실제로 미친놈 취급해 버린 일도 있었다. 한 화가가 우연히 나의 초상화를 그리게 되었다.

"어쨌든 자네는 작가이지 않은가."

그가 그렇게 말을 하니 나는 수긍할 수밖에 없었고, 그 후 그는 초상화를 전시회에 내걸었다. 그러자 신문에 이런 글이 실렸다.

"광기(狂氣)에 가까운 이 병적인 얼굴을 가서 보시라."

내 얼굴이 그렇다고 치자. 그렇다 하더라도 신문에 어떻게 대놓고 그런 말을 할 수 있단 말인가? 신문에는 모든 것이 고상해야만 한다. 이상(理想)도 있어야 하는데, 여기엔….

최소한 완곡하게라도 썼어야지, 그러라고 문체라는 게 있는 것 아닌가. 아니야, 그자는 애당초 완곡하게 쓸 생각이 없었을 것이다. 요즈음엔 유머나 훌륭한 문체가 사라지고 그 대신 욕설이 위트로 받아들여지고 있다. 그렇다고 딱히 화를 낼 생각은 없다. 내가 사람들이 열광할 정도로 대단한 작가가 아니라는 것은 나도 알기 때문이다. 소설을 썼지만 출판해 주지 않았다. 풍자칼럼을 썼지만 거절당했다. 그 풍자칼럼들은 여기저기 온갖 편집국에 가져가 보았지만 모두 거절당했다. 그들은 내게 이렇게 말하곤 한다.

"당신의 글에는 소금과 같은 맛이 없소."

나는 냉소를 띠며 물어본다.

"대체 어떤 소금을 원하는 거요? 아티카의 소금[1)]말이오?"

그들은 내 말이 무슨 뜻인지도 이해하지 못한다.

그래서 난 서적상들에게 프랑스어 번역을 해 주는 일로 먹고 살고 있다. 상인들에게는 광고 문구도 써 준다. 〈보기 드문 기회! 우리 농장에서 직접 재배한 홍차입니다….〉 고(故) 뾰뜨르 마뜨베예비치 각하에게 바친 조사(弔辭)는 짭짤한 돈벌이가 되었다. 서적상들의 주문으로 『숙녀들의 마음에 드는 방법』이라는 책을 만들기도 했다. 살면서 지금까지 이런 책들을 여섯 권 펴냈다. 볼테르의 경구들을 묶어서 펴내고 싶긴 하

1) 날카로우면서도 품위 있는 유머와 풍자가 내재하는 글 스타일을 말함.

지만 우리 독자들에겐 좀 따분한 책으로 비칠 것 같다는 생각이 든다. 요즈음 같은 세상에 볼테르라니…. 지금은 볼테르가 아니라 바보들이 판치는 세상이 아닌가! 마지막 이빨을 부러뜨릴 때까지 서로 싸워대지 않는가 말이다!

어쨌든 이런 것이 나의 문학 활동 전부이다. 사실, 아무 보상 요구 없이 내 서명을 붙여 편집자들에게 편지를 보내기도 한다. 그 편지들에서 나는 그들에게 온갖 훈계와 조언을 하며, 비판을 하고 길을 제시한다. 지난주에 한 편집자에게 보낸 편지는 그에게 2년 동안 보낸 40번째의 편지였다. 우표 사는 데만 4루블이나 써 버렸다. 내 성격의 추잡함이라는 게 이런 식이다.

그 화가가 내 초상화를 그린 건 문학을 위해서가 아니라, 내 이마에 대칭형으로 난 두 개의 사마귀를 그리기 위해서였던 것 같다. 말하자면 보기 드문 구경거리란 얘기지. 요즘은 사상이라는 게 없으니 구경거리만 찾아다니는 세상이다. 그러니 그 초상화에서 나의 사마귀들이 얼마나 성공적으로 그려졌겠는가….

마치 살아 있는 것 같았다! 이런 걸 사람들은 리얼리즘이라고 부른다더군.

광기에 대한 얘기가 나왔으니 말인데, 근자에 많은 사람들이 광인이라는 이름으로 명부에 등록되었다. 그것도 이런 식으로 말이다.

"그런 독창적인 재능을 가지고 있었음에도… 결국에 가서 드러난 것은 바로 이것이다…. 하지만 그런 것은 이미 오래 전에 예견되어야만 했다…."

이 정도만 되어도 상당히 교묘하다. 그러니 순수 예술의 관점에서 보면 칭찬할 만하기도 하다. 그런데 이러한 광인들이 갑자기 누구보다도 더 현명한 사람임이 판명되었다. 요컨대, 우리와 같은 사람들을 미친놈 취급했지만, 우리보다 더 현명한 사람들을 만들어 낸 건 아직 없다는 말이다.

내가 보기에 가장 현명한 자란 최소 한 달에 한 번 정도는 자기 자신을 바보라고 부르는 자이다. 이런 건 요즘엔 보기 드문 재능 아닌가! 예전엔 바보들이 최소한 1년에 한 번씩은 자신이 바보라고 인정하곤 했지만, 지금은 그런 게 전혀 없다. 이렇듯 일이 뒤죽박

죽되어 버렸기에 바보와 현자를 구별할 수가 없는 것이다. 이것은 일을 이렇게 만든 자들의 고의적인 책동 때문이다.

두 세기 반 전에 프랑스인들이 자기 나라에 최초로 광인 수용소를 만들었을 때 스페인인들이 했던 재담이 생각난다.

"그들은 자기들이 현명하다는 것을 믿게 만들기 위해 자기 나라의 모든 바보들을 특별한 건물에 가두었다."

맞는 말이다. 다른 이들을 광인 수용소에 가둔다고 해서 자신의 현명함을 증명할 수 있는 것은 아니다. 'K.가 미쳐 버렸다. 그러므로 이제 우리는 현명하다.' 천만에. 이런 말은 성립하지 않는다.

그런데, 제기랄… 내가 지금 무슨 정신 나간 소리를 지껄이고 있는 건지. 끊임없이 투덜투덜대기만 하는구먼. 이젠 하녀까지도 나에게 질려 버렸다. 어제는 친구가 들러서 이런 말을 했다.

"자네의 글은 문체가 왔다 갔다 해. 토막토막이야. 토막토막 자른 후에는 삽입문이 있고, 그 다음엔 삽입문 속에 또 삽입문을 넣고, 그 다음엔 괄호 속에 또 무언가를 집어넣고, 그 다음엔 또 토막토막 자르고 잘라서….”

친구의 말이 옳다. 나에게 무언가 이상한 일이 일어나고 있는 것이다. 성격도 변하고 있으며 머리도 아프다. 뭔가 이상한 것들이 보이거나 들리기 시작하고 있다. 딱히 사람 목소리라고는 할 수 없지만, 마치 누군가 옆에서 이런 소리를 내는 것처럼 들릴 때가 있다.

“보보크,[2] 보보크, 보보크!”

보보크가 대체 뭐지? 기분 전환을 해야겠다.

기분 전환을 위해 돌아다니던 나는 어떤 장례식에 끼어들게 되었다. 먼 친척이다. 하지만 6등관이다. 미망인과 딸 다섯, 모두 미혼의 처녀들이다. 이 아가씨들 구두 값만 해도 얼마가 들어갈지! 고인이 살아있을 때는 이럭저럭 꾸려 나갔지만, 이제는 얼마 안 되는 연금밖에는 없다. 꼬리 내린 강아지 꼴이 되어 의

---

2) 러시아어 ‘보보크(бобок)’에는 ‘콩알’이라는 뜻이 있는데, 이것이 작품 전체에 걸쳐 어떠한 상징적 의미를 가지는지에 대해서는 본 역서 말미의 작품 해설을 참조하기 바란다. 그러나 작품 내에서 이 단어는 등장인물들에게 명확한 의미를 가지고 파악되기보다는 일종의 신비로운 소리로 인식되므로 계속 ‘보보크’라는 표기를 사용하기로 하겠다.

기소침해지겠지. 그들은 언제나 나를 냉랭하게 대했다. 이런 긴급한 경우가 아니었다면 나 역시 지금 이 자리에 오지 않았을 것이다. 다른 사람들과 함께 묘지까지 따라갔지만, 그들은 나를 멀리하며 거만하게 굴었다. 나의 양복이 사실 좀 초라하기는 하다. 25년 정도는 묘지에 와 본 일이 없는 것 같다. 그런데 하필이면 이런 놈의 묘지에 오다니!

첫째로, 냄새가 났다. 15구의 시체가 와 있었다. 수의(壽衣)는 다양한 가격대였다. 영구 마차도 두 대 와 있었다. 하나는 장군을 위한 것, 다른 하나는 어떤 귀부인을 위한 것이었다. 슬퍼하는 얼굴들이 많이 있지만 꾸며 낸 슬픔도 있다. 한편에서는 드러내 놓고 즐거워하는 얼굴들도 있다. 교회 성직자들로서는 불평할 게 없다. 수입이 생기니까. 하지만 이 냄새, 냄새. 이곳의 성직자로 일하고 싶은 마음은 전혀 없다.

나의 감수성에 별다른 기대를 건 것은 아니었지만, 어쨌든 난 죽은 이들의 얼굴들을 훑어보았다. 부드러운 표정도 있고 불쾌한 표정도 있다. 미소들은 대개 흉하며 어떤 경우에는 섬뜩하기까지 하다. 꿈에 나올

까봐 오싹해진다.

영결식이 진행되는 동안 난 바람을 쐬러 교회 건물 밖으로 나왔다. 날은 찌푸려 있었지만 대기는 건조했다. 춥기도 했다. 10월이니 그럴 만도 했다. 이리저리 무덤들 사이를 걸어 다녔다. 무덤에도 등급이 다양하다. 3등급짜리는 30루블로, 쓸 만하고 가격도 딱히 비싸지는 않다. 1등급과 2등급짜리는 교회 안쪽 뜰과 현관 근처에 있는데, 이것들은 엄청나게 비싸다. 이번에 3등급짜리에는 장군과 귀부인을 포함해서 여섯 명이 묻혔다.

무덤들 속을 흘끗 보았더니… 끔찍했다. 물, 온통 물이었다! 완전한 초록색의 물이… 더 이상 말로 표현하기 힘들다! 무덤 파는 일꾼이 계속해서 물을 바가지로 퍼내고 있었다. 영결식은 계속되었고 나는 그 동안 교회 대문 밖으로 나가 돌아다녔다. 거기엔 빈민 구호소가 있었고, 조금 더 떨어진 곳에는 식당도 있었다. 그럭저럭 별로 나쁘지 않은 작은 식당이었다. 식사는 물론 그 외 일체의 것들을 할 수 있는 곳이었다. 식당은 붐볐는데, 그 중에는 영결식에 참석한 사람들도 꽤 있었다. 쾌활함, 그리고 감추지 못한 생기가 온통 느껴졌다. 나는 식사를 하고 술을 한 잔 했다.

그 후에는 관을 교회에서 무덤으로 운구하는 일에 손수 참여했다. 관 속의 망자들이 그토록 무거워지는 건 무슨 이유에서일까? 죽어서 몸이 자기 맘대로 움직여지지 않으니 원래대로 제자리에 가만히 있으려 한다고 말하는 사람들도 있다. 또는 이와 유사한 어떤 헛소리도 존재하는데, 이것 역시 역학(力學)과 상식에 정반대되는 말이다. 나는 일반적인 교육밖에 받지 않은 사람들이 전문성을 요구하는 문제를 해결하겠다고 참견해대는 것을 좋아하지 않는다. 그런데 그런 일이 우리나라에서는 끊임없이 일어나고 있다. 민간인들이 군사적인 문제, 심지어 육군 원수나 되어야 생각해 볼 수 있는 문제들에 대해 논하기를 좋아하고, 기술 교육을 받은 사람들이 철학이나 정치경제학에 대해 할 말이 더 많은 지경이다.

추도회에는 가지 않았다. 나에게도 자존심이라는 게 있는 만큼, 만일 단지 그날과 같은 특수한 필요성 때문에 나를 받아들이는 것이라면 무엇하러 그들의

식탁머리에 가서 어슬렁거려야 하겠는가? 그게 추도회라 할지라도 말이다. 잘 모르겠는 건 내가 왜 묘지에 남았는가 하는 점이다. 어쨌든 묘석 위에 앉아서 그럴 듯한 생각에 잠겼다.

그 생각은 모스크바의 전시회에 대한 것에서 시작하여 놀람에 대한 생각, 즉 놀람이라는 주제에 대한 전반적인 생각으로 끝이 났다. 놀람에 대해 나는 이런 결론을 내렸다.

'무슨 일에나 놀라는 것은 당연히 어리석으며, 아무 일에도 놀라지 않는 것이 훨씬 아름답다고 한다. 그리고 후자가 왠지 좋은 모습으로 인정되고 있다. 하지만 이것은 본질적으로 거의 옳지 않은 판단이다. 내 생각엔 아무 일에도 놀라지 않는 것이 무슨 일에나 놀라는 것보다 훨씬 더 어리석다. 게다가 아무 일에도 놀라지 않는다는 것은 아무 것도 존경하지 않는다는 것과 거의 마찬가지 의미이다. 결국, 어리석은 인간은 존경할 능력도 없는 것이다.'

아는 사람 중에 한 명이 일전에 내게 이렇게 말한 적이 있다.

"그런데 말이지, 내가 무엇보다도 원하는 건 존경심을 느껴보는 거야. 난 존경하기를 갈구한다는 말일세."

그는 존경하기를 갈구하고 있었다! 그 말을 듣고 나는 생각했다.

'아이고, 만일 요즘 세상에 이런 말을 감히 글로 싣는다면 자네한테 무슨 일이 생길까?'

그 시점에서 나는 망각에 빠졌다. 나는 비문 읽은 것을 좋아하지 않는다. 항상 그게 그거이기 때문이다. 내 옆의 묘석 위에 먹다 남은 샌드위치가 놓여 있었다. 바보같이 이런 곳에다가 버리다니. 나는 그것을 땅바닥에 던져 버렸다. 빵이 아니라 단지 샌드위치였기 때문에 그렇게 했다. 그런데 빵 가루를 흘리는 것 정도라면 땅바닥에 해도 죄는 안 될 것 같다. 마루에 흘리면 죄가 되겠지만 말이다. 수보린의 달력[3]을 참고해 봐야겠다.

거기서 오래, 어쩌면 꽤 오래 앉아 있었던 것으로

3) 당대의 유명한 극작가, 비평가이자 출판인이었던 알렉산드르 수보린(A.C. Суворин, 1834~1912)이 1875년부터 1906년까지 매년 펴낸 달력으로서, 갖가지 연중 행사일에 대한 기록과 함께 통계 자료, 생활양식 등에 대한 설명까지 담고 있었다.

짐작한다. 대리석 관 모양의 길쭉한 돌 위에 눕기까지 했으니까 말이다. 그런데 갑자기 여러 가지 말소리들이 들려오기 시작한 것은 어찌된 일이었을까? 처음에는 별 신경을 쓰지 않고 그냥 콧방귀를 뀌었다. 하지만 이야기 소리는 계속되었다. 소리는 아주 나지막했는데, 마치 베개로 입을 막은 채 내는 것 같았다. 그럼에도 불구하고 그것은 또렷하게 들렸고 아주 가까이에서 나는 것 같았다. 나는 정신을 차리고 앉아서 주의 깊게 들어 보기 시작했다.

"각하, 이렇게 하시면 정말 게임이 진행이 안 됩니다. 각하께서 하트를 갖고 있다고 말씀하셔서 제가 그것에 맞춘 패를 미리 냈는데, 갑자기 다이아몬드 7을 내시다니요. 다이아몬드를 내실 거라고 미리 힌트라도 주셨어야지요."

"아니, 그렇다면 패를 알려 주면서 카드를 치자는 건가? 그래가지고서야 무슨 재미가 있나?"

"안 됩니다, 각하. 저랑 둘이서 칠 때는 꼭 이렇게 하셔야 합니다. 그렇지 않다면 카드만 돌리는 사람이 꼭 한 명 필요합니다. 서로 상대의 패를 알 수 없도록 말이죠."

"거 참, 여기선 카드를 돌려줄 사람을 구할 수가 없단 말일세."

이런 장소인데도 불구하고 참으로 오만한 말들을 주고받는다! 괴이하기도 하고 놀랍기도 하다. 한쪽은 아주 묵직하고 권위 있는 목소리이며, 다른 쪽은 부드럽고 상냥하다. 내 귀로 직접 듣지 못했다면 믿지 않았을 것이다. 내가 있던 곳은 분명히 추도회 자리는 아니었다. 무덤이었다…. 그런데 도대체 어떻게 이런 무덤에서 프레페란스 카드놀이를 할 수가 있는 것일까? 그리고 이 장군 각하란 사람은 또 뭐고? 소리가 무덤 속으로부터 나오고 있다는 것에는 의심의 여지가 없었다. 나는 몸을 굽혀 비석에 있는 비문을 읽어보았다.

"여기에 뭐 이러이러한 훈장들을 받은 바 있는 육군 소장 뻬르보예도프가 잠들다. 음, 올해 8월에… 57세의 나이로 별세…. 친애하는 유골이여, 행복한 아침이 올 때까지 편히 잠들라."

음, 그렇군. 제기랄, 진짜 장군인가 보네! 알랑대는

목소리가 들려왔던 다른 무덤에는 아직 비석이 없고 석판만이 있었다. 그곳에 온 지 얼마 안 된 것이 분명했다. 목소리로 미루어 볼 때 7등 문관쯤 되는 것 같았다.

"오-호-호-호!"

이번에는 전혀 새로운 목소리가 들려왔다. 장군의 무덤으로부터 5싸젠[4]쯤 떨어진 아주 최근에 만들어진 무덤으로부터 나는 소리였다. 그것은 서민인 듯한 남자의 목소리였는데, 경건한 감동을 주는 쇠약한 목소리였다.

"오-호-호-호!"

"어휴, 이 사람 또 딸꾹질하네!"

갑자기 상류 사회 출신인 듯한 화난 여자의 짜증내는 거만한 목소리가 울렸다.

"상점주인 옆에 누워 있게 되다니, 이런 벌이 있을까!"

"나는 딸꾹질한 적이 없어요. 먹은 게 아무 것도 없는데 무슨 딸꾹질입니까? 그냥 내 체질이 이렇습니

---

4) 옛 러시아에서 사용되던 거리 단위. 1싸젠(сажень)은 2.134미터에 해당한다.

다. 하지만 부인께선 여기서도 변덕을 부리시느라 마음의 평화를 찾지 못하시는군요."

"그런데 당신은 뭐 때문에 거기 누운 거예요?"

"눕힌 겁니다, 아내와 어린 자식들이 나를 여기에다 눕힌 것이지 내가 스스로 누운 게 아니란 말입니다. 죽음의 신비인 것이지요! 그리고 난 황금을 준다 해도 당신 옆에 누울 생각은 없었어요. 가격을 따져봤더니 내가 가진 돈으로 되겠다 싶어 여기 누운 거란 말입니다. 우리 같은 사람들이 항상 선택하는 게 3등급짜리 무덤이니까요."

"돈 좀 모았을 텐데? 사람들한테 셈을 속이면서 말이지…"

"당신한테는 무엇으로 속이겠소? 1월 이후로 당신이 지불한 게 하나도 없는데. 내 가게에 가면 당신이 내야 할 계산서가 하나 있어요."

"나 원 참, 바보 같기는! 이런 데서 빚 독촉을 하다니 정말 어리석군! 땅 위로 올라가서 내 조카딸에게 물어봐요. 그 애가 상속자니까."

"이렇게 된 마당에 뭘 물어보고, 또 어디로 가겠소.

우린 둘 다 한계에 도달했고, 신의 심판대 앞에서 죄인이기는 마찬가지에요."

"죄인이기는 마찬가지에요?"

죽은 여인은 경멸조로 그의 말을 흉내 냈다.

"감히 나에게 그딴 식으로 말하지 말아요!"

"오-호-호-호!"

"각하, 어쨌든 결국에는 상점 주인이 귀부인의 명령을 고분고분 따라 주네요."

"따르지 않을 이유라도 있다는 말인가?"

"그거야 뭐, 각하, 장소가 장소니만큼 여기에도 이곳만의 새로운 질서가 당연히 있지 않겠습니까."

"새로운 질서라, 그게 대체 뭔가?"

"말하자면, 각하, 일단 우리는 다 죽은 몸이라는 겁니다."

"아, 그렇지! 하지만 어쨌든 질서라는 건 말이야…."

죽은 이들의 얘기를 들으며 나는 고마운 마음이 들기까지 했다. 솔직히 말해, 그 덕분에 나의 처지와 관련해 위안을 받은 측면도 있기 때문이다! 이 자들이 여기에서 이 지경까지 이르렀다면 저 위 세계에서 살

땐 어땠겠는지 새삼 물어볼 필요나 있겠는가? 그나저나 그 말하는 내용들이란! 어쨌든 나는 극도의 분노를 느끼면서도 그들의 이야기에 계속 귀를 기울였다.

“안 돼, 난 인생을 좀 더 맛봐야 해! 안 돼… 난 말이야… 좀 더 살고 싶다고!”

장군과 화난 귀부인 사이의 어딘가쯤에서 갑자기 누군가의 새로운 목소리가 들려왔다.

“각하, 들리십니까? 저 친구 또 시작이네요. 3일 동안 잠잠하다가 4일째 되는 날 난데없이 〈난 좀 더 살고 싶어, 난 인생을 좀 더 맛봐야 해!〉라고 외칩니다. 계속 그 짓을 반복한다니까요. 그것도 저렇게 게걸스럽게 말이지요, 히히!”

“게다가 경박스럽기까지 해.”

“저 친구는 오로지 그 생각만 하고 있나 봅니다, 각하. 4월에 여기 와서는 쥐 죽은 듯 잠들어 있더니만 갑자기 〈난 좀 더 살고 싶어!〉라고 외치는 꼴이라니.”

“그런데 좀 따분하구만.”

각하가 말했다.

"정말 그렇긴 하군요. 각하. 그렇다면 아브도찌야 이그나찌예브나를 또 놀려 보면 어떨까요, 히히?"

"아니야, 됐어. 그만두게나. 난 걸핏하면 화를 내는 저 징징대는 여자를 이젠 더 이상 참아낼 수가 없어."

"나야말로 당신들 두 사람을 참아낼 수가 없어요."

징징대는 여자가 짜증을 내며 맞받아쳤다.

"당신들 두 사람은 더할 수 없이 따분한데다가, 이상적(理想的)인 것이라고는 아무 것도 얘기할 줄 모르는 사람들이에요. 그리고 각하… 아이고, 각하라고 부른다 해서 그렇게 우쭐대지는 말라고요… 난 당신에 대한 이야기를 하나 알고 있어요. 어떤 부부의 침실에서 아침에 하인이 당신을 빗자루로 쓸어내 버린 이야기 말이에요."

"이런 추잡한 여자 같으니라고!"

장군이 이를 드러내며 으르렁거렸다. 상점 주인이 또 느닷없이 소리쳤다.

"마님, 아브도찌야 이그나찌예브나 마님! 나의 친애하는 부인, 아까의 나쁜 감정은 잊으시고 내게 말해줘요. 지금 이 상황이 내가 고난을 겪어 나가는 과정인가요, 아니면 어떤 다른 일이 일어나고 있는 건가요?"

"아, 저 사람 또 시작일세. 아까부터 저 사람 쪽에서 냄새가 풍겨 오더라니, 내가 이렇게 될 줄 알았어. 저 사람이 몸을 뒤척이니까 냄새가 나는 거라고!"

"마님, 난 뒤척거리지 않았어요. 그리고 나한테선 아무런 특이한 냄새도 나지 않아요. 아직까진 완벽하게 원래 그대로 몸을 보존했다는 말입니다. 그보다는 부인, 당신이야말로 벌써 썩기 시작했소. 내가 있는 이 자리까지 풍겨 올 정도로 참을 수 없는 냄새가 나고 있단 말이오. 예의상 말을 안 하고 있었을 뿐이오."

"아니, 이 추잡한 험담꾼아! 자기 몸에서 지독한 악취가 나는 걸 왜 나한테 뒤집어씌우는 거야!"

"오-호-호-호! 나를 위한 40일째 추도식이 빨리 왔으면 좋겠구나. 눈물 젖은 목소리, 아내의 통곡 소리, 아이들의 조용한 울음소리를 듣게 되겠지!…"

"울긴 뭘 울어! 추도식용 꿀 죽만 실컷 처먹고 가 버리겠지. 아, 누구라도 좀 깨어났으면!"

"아브도찌야 이그나찌예브나, 조금만 기다려 보세요. 새로 온 자들이 말을 하기 시작할 겁니다."

알랑대는 관리가 입을 열었다.

“그 중에 젊은 사람들도 있나요?”

“젊은 사람들도 있지요, 아브도찌야 이그나찌예브나. 청년이라고 할 만한 애들도 있답니다.”

“아, 그것 참 잘 됐군!”

“어떤가, 신참들이 아직 입을 안 열었나?”

각하가 그에게 물어보았다.

“각하, 3일째 되는 자들도 아직 깨어나지 않았습니다. 아시다시피, 어떨 때는 1주일 동안 잠잠한 자들도 있지 않습니까. 잘된 건 어제, 그제, 그리고 오늘까지 한꺼번에 많은 자들이 실려 왔다는 겁니다. 사실, 이 둘레 10싸쪤 안으로는 거의 전부가 작년에 실려 온 자들이었는데 말이죠.”

“그래, 그거 흥미롭군.”

“그리고, 각하, 오늘은 2등 고문관 따라세비치가 묻혔습니다. 말하는 목소리들을 듣고 알았죠. 그분 조카를 제가 아는데, 아까 하관을 하고 있더군요.”

“으흠, 그런데 어디 묻혔지?”

“각하로부터 왼쪽으로 다섯 걸음쯤 떨어진 곳입니

다. 거의 각하의 발끝에 있는 거나 마찬가지입니다…. 자, 각하, 서로 인사를 나누도록 하시죠."

"으흠, 뭐 그럴 것까진…. 내가 먼저 인사를 해야 할 이유는 없지 않나."

"아, 각하, 그분이 스스로 먼저 할 겁니다. 그래도 아마 꽤 영광스러워 할 겁니다. 저에게 맡겨 주십시오, 각하, 그럼 제가…."

"아, 아… 아, 나에게 무슨 일이 생긴 거지?"

갑자기 어떤 신참의 경악한 듯한 신음 소리가 들렸다.

"신참입니다, 각하, 신참이에요. 다행히도 참 빨리 깨어났네요! 지난번에는 1주일이나 잠잠하더니만."

"아, 젊은 사람인 것 같다!"

아브도찌야 이그나찌예브나가 날카로운 목소리로 외쳤다.

"내가… 내가… 내가 합병증 때문에 이렇게 갑자기!"

그 청년은 더듬거리며 다시 말했다.

"슐츠가 찾아와서 나한테 합병증이 생겼다고 말한 게 바로 어제 밤이었는데, 그만 아침녘에 이렇게 갑자기 죽어 버렸구나. 아이고! 아이고!"

"뭐, 어쩔 수 없잖소, 젊은이."

신참자가 온 것을 눈에 띄게 기뻐하며 장군이 친절하게 한 마디 했다.

"마음을 편하게 먹게나! 우리의, 그러니까, 요사파트 골짜기에 온 것을 환영하는 바이네. 우리는 선량한 사람들이라네. 그걸 알게 되면 감사하게 될 것일세. 어려운 점이 있다면 언제든 육군 소장인 나 바실리 바실리예비치 뻬르보예도프에게 말하게나."

"아아, 안 돼요! 안 돼, 이건 절대 말도 안 돼요! 슐츠에게 물어봤더니 합병증이 생겼다는 거예요. 처음엔 가슴이 조이는 듯 아프고 기침이 나더니만 그 다음엔 감기가 들었어요. 가슴이 계속 아팠는데 독감까지 걸린 거예요…. 그러더니 너무 갑작스럽게… 중요한 건 너무나 갑작스러웠다는 거예요."

"그러니까, 처음엔 가슴부터 아팠다는 거지요?"

신참에게 기운을 북돋아 주려는 듯 관리가 살짝 끼어들었다.

"네, 가슴이 아프고 가래가 나오더니 나중에는 갑자기 가래가 사라지고 가슴만 아팠어요. 그러더니 숨을 쉴 수가 없는 거예요…. 그래서 말이죠….”

“압니다, 알아요. 하지만 가슴이 아팠다면 슐츠보다는 에크한테 가는 게 나았을 거요.”

“사실 난 보트낀을 찾아갈 생각을 계속 하고 있었어요… 그런데 갑자기….”

“글쎄, 보트낀은 너무 비싼데.”

장군이 한 마디 했다.

“아아, 아니에요, 그분은 전혀 물지 않아요.[5] 난 그분이 아주 세심하고 모든 걸 미리 예견할 줄 안다고 들었어요.”

“각하께서는 가격에 대해 말씀하셨던 겁니다.”

관리가 바로잡아 주었다.

“아, 그 무슨 말씀을. 3루블밖에 안 받는다던데요. 게다가 진찰도 꼼꼼히 하고 처방까지 잘 써 준다니…. 그런 얘기를 들었기 때문에 꼭 가고 싶었는데…. 여러분, 그렇다면 어떻습니까, 내가 에크에게 가야 할까

5) 러시아어 동사 ‘кусаться’에는 ‘(사람, 동물, 곤충 등이) 물다’라는 직접적인 뜻과 함께 ‘너무 비싸다’라는 비유적인 의미도 있다. 여기서 청년은 장군이 두 번째 의미로 사용한 이 단어를 첫 번째 뜻으로 이해했던 것이다.

요, 아니면 보트낀에게 가야 할까요?"

"뭐라고? 어딜 간다고?"

유쾌하게 껄껄댔기 때문에 장군의 시체가 흔들거렸다. 관리가 가성(假聲)을 쓰는 가수처럼 장군의 말을 흉내 내어 반복했다.

아브도찌야 이그나찌예브나가 환희에 넘쳐 깩깩대며 외쳤다.

"귀여운 총각, 귀엽고 즐거운 총각, 내가 그대를 얼마나 사랑하는지! 이런 사람을 내 옆에 묻어 주면 좋으련만!"

아니, 이런 건 정말 더 이상 참을 수가 없다! 이들이 현대의 죽은 자들이라는 것인가! 하지만 서둘러 결론을 내리기보다는 좀 더 들어보기로 하자. 난 이 코흘리개 신참의 얼굴을 조금 전에 관 속에서 보았던 것이 기억난다. 몹시 놀란 병아리 같은 표정, 그건 세상에서 가장 역겨운 표정이었다! 하지만 일단 그 다음 상황을 좀 더 보자.

그러나 그 후에는 아주 큰 혼란이 벌어졌기에, 모든 걸 다 기억에 담아두는 건 불가능했다. 너무 많은 자들이 한꺼번에 깨어났기 때문이다. 5등 문관인 관리가 깨어나더니 정부 부처 한 곳에 새로운 소위원회를 설치하는 계획에 관해 곧바로 장군과 대화를 시작했다. 소위원회 설치와 관련하여 아마도 관료들의 직책 이동이 있을 것이라는 말도 나왔는데, 이것은 무척이나 장군의 흥미를 끌었다. 고백하건데, 나 자신 또한 많은 새로운 사실들을 알게 되었으며, 따라서 이 수도 안에서 정부에 대한 소식을 가끔은 이와 유사한 방식으로도 알 수 있다는 사실에 놀랐다. 그 다음에는 한 기술자가 반쯤 깨어났지만 아직 한참 동안이나 말도 안 되는 헛소리를 지껄이는 통에, 죽은 이들은 그를 귀찮게 하지 않고 한동안 더 누워 있도록 놔두었다. 마지막으로는 오늘 아침녘에 영구 마차에 실려와 매장된 유명 귀부인이 무덤 속에서 원기를 회복하는 징후가 나타났다.

레베쟈뜨니꼬프(뻬르보예도프 장군 옆에 자리 잡은, 내가 혐오하는 그 아첨꾼 7등관의 이름이 레베쟈뜨니꼬프였다)는 이번에는 모두가 이렇게 빨리 깨어나고 있다는 사실에 수선을 떨며 놀라워했다. 나 역시도 놀랐다는 말을 할 수밖에 없다. 그런데 깨어난 자들 중 몇몇은 바로 이틀 전에 매장된 자들이었다. 그 중 한 명인 16세쯤 된 어린 처녀는 연신 키득거리고 있었다…. 추잡하고 음탕한 키득거림이었다.

"2등 문관 따라세비치 각하께서 깨어나십니다!"

레베쟈뜨니꼬프가 갑자기 급히 서두르며 선언했다.

"어? 뭐라고?"

갑자기 깨어난 2등관이 칙칙 긁히는 듯한 짜증내는 목소리로 중얼거렸다. 그 목소리에는 무언가 변덕스럽고도 권위주의적인 것이 있었다. 나는 호기심을 가지고 귀를 기울였는데, 최근에 이 따라세비치라는 사람에 관해 무언가 들은 것이 있기 때문이었다. 그것은 상당히 흥미로우면서도 동시에 사람의 마음을 불편하게 만드는 소식이었다.

"조금 아까 말한 사람은 접니다, 각하. 지금으로선 그냥 '저'라고 칭할 수밖에 없네요."

"원하는 게 뭐요, 뭘 바라는 겁니까?"

"각하의 안부를 여쭙고자 했던 것뿐입니다. 이곳에 익숙하지 않은 사람들은 모두 처음부터 숨 막힐 것 같다고 말들을 하니까요…. 뻬르보예도프 장군께서 각하와 인사를 나누는 영광을 가지고 싶어 하십니다. 아울러 희망하시기를…"

"그런 이름은 들어본 적이 없는데."

"그럴 리가요, 각하, 바실리 바실리예비치 뻬르보예도프 장군을 모르시다니요…."

"당신이 뻬르보예도프 장군이오?"

"아닙니다, 각하, 저는 단지 7등관인 레베쟈뜨니꼬프라고 합니다. 불편한 일이 있으면 언제든 저를 찾아주십시오. 그리고 뻬르보예도프 장군님께서는…"

"쓸데없는 얘기 그만해요! 부탁이니 나를 좀 조용히 내버려 두시오."

"내버려 두게나."

마침내 장군 자신이 무덤 세계에서의 추종자가 보인 치졸한 조급성을 제지하며 위엄 있게 말했다.

"각하, 저분이 아직 덜 깨어났다는 점을 헤아려 주십시오. 이곳이 익숙하지가 않아서 저러는 겁니다. 완전히 깨어나면 제 말을 다른 식으로 받아들일 겁니다."

"내버려 두게."

장군이 다시 말했다.

"바실-리 바실-리예비치! 어이구, 각-하, 당신이셨군요!"

갑자기 아브도찌야 이그나찌예브나 바로 옆에서 완전히 새로운 어떤 목소리가 흥분해서 크게 울리는 것이 들렸다. 그 목소리에는 귀족의 오만함이 담겨 있었으며, 요사이 유행하는 나른하게 굴리는 발음과 뻔뻔스러울 정도로 점잖 빼며 또박또박 말하는 태도가 느껴졌다.

"나는 당신들 모두를 이미 두 시간 동안 지켜보고 있었습니다. 사실 여기 3일째 누워 있었거든요. 바실리 바실리예비치, 나를 기억하십니까? 나 끌리네비치입니다. 우린 볼꼰스끼 집안의 모임에서 만난 적이 있지요. 이유는 모르겠지만, 당신도 거기 초대되었잖습니까."

"아니, 뾰뜨르 뻬뜨로비치 백작(伯爵)… 어떻게 당신이… 그 젊은 나이에… 정말 유감입니다!"

"아, 나 자신도 유감입니다. 하지만 아무래도 상관없어요. 어디서든지 가능한 모든 것을 이용해 즐겁게 지내면 되니까요. 그리고 난 백작(伯爵)이 아니라 남작(男爵)입니다. 백작보다 두 단계 낮은 남작에 불과하단 말이지요. 우리 집안은 원래 하인이었다가 남작으로 상승한 비천하고 보잘 것 없는 남작 집안입니다. 어떻게 해서 그런 일이 가능했는지는 모르겠고 뭐, 관심도 없습니다. 나는 그저 사이비 상류 사회의 건달일 뿐이고 '귀여운 말썽꾸러기' 정도로 통하고 있지요. 내 아버지는 그저 그런 장군 나부랭이였지만, 어머니는 한때 '상-류 사회에서(en haut lieu)' 이름 깨나 있었지요. 나는 작년에 지펠리라는 유대인과 5만 루블 어치 위조지폐를 만들었는데 나중에 그놈을 밀고해 버렸습니다. 그런데 그 돈은 모두 율까 샤르펜티에 드 루지냥이 프랑스 보르도로 가지고 도망가 버렸습니다. 그러니 생각해 보라구요, 난 그때 이미 쉐벨레프스까야양과 완전히 약혼한 상태였단 말입니다. 그녀는 16세가 될 때까지 이제 석 달 남았는데 아직 학교에 다니고 있지요. 그녀 앞으로는 9만 루블의 유산이 책정되어 있고요. 그런데 아브도찌야 이그나찌예브나, 기억하시오? 15년 전 내가 아직 열네 살짜리 학생이었을 때 당신이 어떻게 날 타락시켰는지?…"

"에이, 당신이었군. 이 건달 같은 작자야. 그래도 하나님이 당신이라도 보내 주셨구먼, 안 그랬다면 여긴 정말…"

"당신은 공연히 옆에 있는 저 장사꾼을 냄새 난다고 의심하더군…. 난 아무 말 안 하고 그냥 웃기만 했지. 사실 그건 나한테서 나는 냄새였소. 그 상태에서 그냥 관에 못질해 매장하더라니까!"

"에이, 이 더러운 인간! 어쨌든 반갑기는 하군. 끌리네비치, 당신은 믿지 못할 거야, 정말 믿지 못할 거라고, 여기에 얼마나 삶도, 위트도 부족한지를."

"아, 그렇겠지, 그렇겠지. 그래서 난 여기서 뭔가 독창적인 일을 성취해 볼 생각이야. 각하! 아니, 뻬르보예도프 당신한테 말하는 게 아니라, 다른 사람… 각하! 2등 문관 따라세비치 씨! 대답 하세요! 사순절(四旬節) 때 당신을 퓨리 양에게 데려다 주었던 그 끌리네비치입니다. 들립니까?"

"들리네, 끌리네비치. 매우 반갑구먼, 그리고 믿어 주게나."

"믿으라고요? 어림 반 푼어치도 없는 소리! 귀여운 영감님, 당신에게 정말 키스라도 퍼부어 주고 싶은데, 그렇게 할 수가 없으니 오히려 다행이네요. 여러분, 저 그랑 페르(grand-père)[6]가 무슨 짓을 했는지 아십니까? 저 사람은 이틀인가 삼일 전에 죽었는데 말이죠, 그런데 상상이 됩니까? 자그마치 40만 루블의 국고 손실을 초래했단 말입니다. 그 돈은 과부와 고아들을 위한 기금이었는데, 어찌 된 까닭인지 저 사람 혼자서 그것을 관리해 왔고, 결국 지난 8년 동안 한 번도 감사를 받지 않았더라구요. 남아 있는 모든 사람들이 지금 얼마나 침통한 표정을 하고 있을지, 저 사람을 어떻게 부르고 있을지 상상이 갑니다. 음욕(淫慾)에 빠지면 이렇게 된다니까요, 그렇지 않습니까? 나는 통풍과 류머티즘에 시달리는 저 칠십 먹은 영감쟁이에게 호색(好色)할 기운이 어찌 그리 많이도 남아 있는지

6) 프랑스어로 '할아버지'라는 의미.

작년 내내 참 궁금해 하곤 했는데, 결국엔 이렇게 죽어 버렸으니 수수께끼는 풀린 셈이네요! 그 과부들과 고아들, 그들에 대한 생각만 해도 저 사람 얼굴이 화끈거릴 게 틀림없소!… 나는 이 일에 관해 오래 전부터 알고 있었소, 나 혼자만 알고 있었던 거지. 샤르펜티에 양이 내게 귀띔해 주었거든. 난 그 사실을 알자마자 부활절 즈음에 친구처럼 다정하게 한 번 쿡 찔러 봤지요. 〈2만 5천 루블을 내 놓으시오. 안 그러면 내일 감사를 받게 하겠소.〉 그런데 어땠는지 아시오? 저 사람한테는 그 때 남은 게 1만 3천 루블밖에는 안 되더라고. 그러니 저 사람은 더 늦지 않게 때맞춰 잘 죽은 거라고 할 수 있겠지. 그랑 페르, 그랑 페르, 들리시오?"

"친애하는 끌리네비치, 자네 말에 전적으로 동의하네. 하지만 그렇게 시시콜콜한 것까지 쓸데없이 들춰낼 필요는 없지 않겠나…. 인생은 고통과 괴로움의 연속인데 그에 대한 보상은 참 적단 말일세…. 내가 결국 원했던 것도 평안을 누리는 것이었어. 그리고 이곳을 보아하니, 여기서도 모든 것을 누릴 수 있기를 희망하네….”

“저 영감이 벌써 까찌쉬 뻬레스또바의 냄새를 맡았다는 데 내기를 걸겠다!”

끌리네비치가 잘라 말했다.

“뭐라고? 무슨 까찌쉬를 말하는 건가”

물어보는 노인의 목소리에는 음탕한 떨림이 묻어 나왔다.

“아하, 무슨 까찌쉬냐고? 여기서 왼쪽으로, 나 있는 데서 다섯 걸음, 당신 있는 데서 열 걸음 떨어진 곳에 있는 까찌쉬 말이지. 여기 온 지 닷새 됐지. 그런데 그랑 페르, 당신이 저 애가 얼마나 추잡한 계집애인지 알게만 된다면…. 집안 좋고 교육도 받았는데 괴물이야, 지독한 괴물이라니까! 저 위 세상에서는 저 애를 아무에게도 보여 주지 않았지, 나 혼자만 알고 있었거든…. 까찌쉬, 대답해!”

“히히히!”

실금이 쫙 가는 듯한 여자아이의 목소리가 대답을 해 왔는데, 그것은 마치 바늘로 찌르는 것 같은 느낌을 주었다.

"히히히!"

"그런데 금-발-인가?"

노인은 세 번으로 끊어 발음하면서 중얼거리듯 물었다.

"히히히!"

"난… 난 이미 오래 전부터…"

노인이 숨을 헐떡이며 더듬더듬 말하기 시작했다.

"금발 여자애를 꿈꾸곤 했지…. 열다섯 살쯤 되는…. 그것도 바로 이런 상황에서 만나는 것을 말이야…."

"아휴, 저런 흉측한 인간 같으니라고!"

아브도찌야 이그나찌예브나가 소리를 질렀다.

"그쯤 해둬요!"

끌리네비치가 마무리를 했다.

"이 정도면 재료는 아주 좋은 것 같군. 다들 여기 상황을 더 멋진 쪽으로 꾸며 봅시다. 중요한 것은 남은 시간을 얼마나 즐겁게 보내느냐 하는 건데… 그런데 무슨 시간이 남아 있는 거지? 어이, 당신, 관리 양반, 레베쟈뜨니꼬프라고 했던가요, 당신 이름을 그렇게 들은 것 같은데?"

"7등관 세묜 예브세이치 레베쟈뜨니꼬프라고 합니다. 불편한 일 있으면 언제든 말씀하시고요, 그리고 만나게 되어 매우-매우-매우 기쁩니다."

"기쁘든 말든 내 알 바는 아니고, 어쨌든 당신이 여기 사정은 환히 꿰고 있는 것 같군. 우선 얘기 좀 해보시오. 어제부터 궁금하던 건데, 어떻게 해서 우리가 여기서 말을 할 수 있는 거요? 우리는 죽었잖아, 그런데도 말을 하고 있다고. 또한 움직이기도 하는 것 같단 말이지. 그런데 또 한편으로 보면 이게 실제로 말을 하거나 움직이는 것은 아니지 않소? 이게 대체 무슨 요사스런 일이오?"

"그 점에 관해 듣기 원하신다면 남작님, 저보다는 뿔라똔 니꼴라예비치가 더 잘 설명할 수 있을 겁니다."

"뿔라똔 니꼴라예비치란 사람이 대체 누군데? 우물대지 말고 요점을 얘기하시오."

"뿔라똔 니꼴라에비치는 이 지역 토박이 철학자이자 자연학자이며 박사이지요. 철학 책도 몇 권 펴내긴 했는데, 지금은 석 달째 완전히 잠에 취해 있습죠. 그러니 지금은 그를 흔들어 깨우는 건 어렵겠습니다. 1

주일에 한 번씩은 몇 마디 종잡을 수 없는 말을 지껄이기는 합니다만."

"요점을 말해요, 요점을!"

"그는 아주 간단한 사실을 통해 이 모든 것을 설명합니다. 그게 무엇이냐 하면, 저 위에서 살 때 우리는 그곳의 죽음을 모든 것이 끝나는 죽음으로 잘못 생각했다는 겁니다. 육체는 여기서 다시 살아나는 것처럼 되며, 생명의 잔재는 응축되어집니다. 물론 단지 의식 속에서만 그렇기는 하지만요. 여하튼, 이런 걸 어떻게 표현해야 할지 모르겠지만, 마치 관성에 의한 것처럼 삶이 계속된다는 것입니다. 그의 견해에 따르면, 모든 것이 의식 속 어딘가에 응축되어서 두 달 혹은 석 달… 간혹은 반년이나 더 지속된다는 겁니다…. 예를 들어 여기엔 거의 다 썩어 버린 자가 하나 있는데, 그는 여전히 6주에 한 번씩은 뜬금없이 단어 한 개를 중얼거리곤 합니다. 물론 아무 의미도 없는 단어 쪼가리이긴 합니다만, 무슨 보보크라는 것에 대해서 '보보크, 보보크'라고 중얼거리더군요. 하지만 이건 그의 내부에 여전히 희미한 불꽃과도 같은 삶이 약하게나

마 존재한다는 뜻도 되지요….”

“진짜 바보 같은 얘기군. 그런데 내가 후각을 갖고 있지 않은데도 악취를 느끼는 건 대체 어찌 된 일이오?”

“그건… 헤헤…. 뭐, 그 점에 대해서는 우리의 철학자께서도 구름 잡는 소리를 하고 있죠. 그가 후각에 대해서도 말한 것이 있는데, 여기서 우리가 느끼는 악취는 말하자면 도덕적인 악취라고 하더라고요, 헤헤! 마치 영혼으로부터 악취가 풍기는 것 같은 느낌을 통해 이 두세 달 동안에 지난날의 잘못을 문득 되돌아볼 수 있도록 만든다는 거죠…. 말하자면 이건 뭐랄까, 최후의 자비라고나 할까요…. 하지만 남작님, 제 생각엔 이 모든 건 신비주의적인 헛소리로서, 그의 지금 처지로 볼 때 충분히 용서할 만한 말입니다.”

“됐소. 그 이상은 더 들어봐야 전부 헛소리일게 틀림없어. 말인즉슨, 두세 달 동안에는 생명이 남아 있다가 결국에는 ‘보보크’라고 지껄이며 끝난다는 얘기군. 나는 이 두 달을 최대한 유쾌하게 보낼 것을 모두에게 제안하는 바이오. 그러기 위해서는 모두가 새로운 토대 위에 자리를 잡아야 합니다. 여러분! 나는 아무 것에도 부끄러움을 느끼지 말 것을 제안합니다!"

"오, 그럽시다, 수치심을 버립시다!"

많은 이들의 목소리가 들려왔다. 이상한 건, 전혀 새로운 목소리들까지 들렸다는 것인데, 그건 그 사이에 다시 깨어난 자들이 있었다는 뜻이었다. 이미 완전히 깨어난 한 기술자는 아주 반색을 했는데, 그는 찬성의 뜻을 굵은 저음의 목소리로 쩌렁쩌렁 울리게 표현했다. 까찌쉬라는 여자애도 기분 좋은 듯 키득거렸다.

"아아, 난 정말로 수치심을 버리고 싶어!"

아브도찌야 이그나찌예브나가 환희의 탄성을 질렀다.

"여러분, 들립니까? 아브도찌야 이그나찌예브나 같은 사람까지 수치심을 버리길 원한다면야 뭐…."

끌리네비치가 이죽거렸다.

"아니, 아니, 그러지 마, 끌리네비치. 저 위에선 나도 어쨌든 수치심을 느꼈어. 부끄러워했다니까! 하지만 여기선 정말로, 정말로 아무 것도 부끄러워하고 싶지 않단 말이야!"

"나는 당신 뜻을 알겠소, 끌리네비치."

기술자가 굵은 저음으로 말했다.

“당신이 제안하는 건 저런 게 아니라, 말하자면, 이곳의 삶을 새롭고도, 무엇보다도 ‘이성적인’ 기초 위에서 만들어 보자는 것이라는 걸 말이오.”

“어이구, 난 그런 문제엔 관심 없어! 이 일에 관해선 어제 매장된 꾸데야로프를 기다려 봐야 해. 그가 깨어나면 당신들에게 모든 걸 설명해 줄 거요. 그 사람은 참 특별한 사람이지, 정말 대단한 인물이란 말이오! 내일이면 다른 자연학자 한 명과 장교 한 명이 이곳으로 실려 올 거요. 그리고 내 생각이 틀림없다면, 사나흘 뒤에는 칼럼니스트 한 명이 아마 편집자와 함께 실려 올 것 같소. 하지만, 제기랄, 뭐 안 와도 상관없어! 우리만으로도 그룹은 만들어지는 것이고 그러면 모든 일이 자연히 자리를 잡을 테니까 말이오. 그래도 그렇게 될 동안은 일단 나는 우리가 거짓말을 하지 않기를 바라오. 내가 무엇보다 이걸 원하는 건, 이것이 참으로 중요하기 때문이오. 지상에서는 거짓말을 안 하고 사는 게 불가능하지요. 왜냐하면 삶과 거짓말은 동의어나 마찬가지이기 때문이오. 하지만 여기선 거짓말을 하지 않는 것을 통해 삶의 재미를 느껴 봅시다. 제기랄, 무덤에도 뭔가 의미는 있어야 할 것 아니겠소! 우리 아무 것도 부끄러워하지 말고 큰 소리로 자신의 과거사를 얘기해 봅시다. 그럼 내가 첫 번째로 내 자신에 대해 얘기를 하겠소. 알다시피 나는 욕구 충족을 위해서라면 물불을 안 가리는 유형의 사람이오. 하지만 저 위에서는 모든 게 썩은 밧줄에 묶여 있었지. 이제 그 따위 밧줄 같은 건 꺼져 버리라고! 이 두 달 동안 정말 부끄럼 타지 않는 진실 속에서 살아 보자고요! 다 벗어 던집시다! 벌거벗읍시다!

"벌거벗자, 벌거벗자!"

모두가 한 목소리로 소리 지르기 시작했다.

"난 벌거벗고 싶어 정말 미치겠어, 미치겠다고!"

아브도찌야 이그나찌예브나가 깩깩거리며 소리를 질렀다.

"오… 오… 오, 여기 있으면 재미있을 것 같다. 에크한테는 가고 싶지 않아!"

"아니야, 난 좀 더 살고 싶어. 안 된다니까, 난 더 살고 싶다고!"

"히히히"

까찌쉬가 키득거렸다.

"중요한 건 아무도 우릴 막을 수 없다는 데 있지. 내가 보기엔 뻬르보예도프가 화가 나 있는 것 같은데, 그래도 그는 날 건드리진 못하는 거리에 있지. 그랑 페르, 당신은 동의하시오?"

"전적으로, 전적으로 동의하네, 그리고 아주 만족스럽기도 하네. 단지, 까찌쉬가 맨 먼저 자신의 과거 얘기를 시작한다는 조건하에서 동의하는 바일세."

"난 반대요! 강력하게 반대하오."

뻬르보예도프 장군이 단호하게 말했다.

"각하!"

바짝 몸이 달아 오른 건달 레베쟈뜨니꼬프가 목소리를 낮춰 더듬거리며 장군을 설득했다.

"각하, 동의하시는 게 우리에게 더 이득이 될 텐데요. 보시다시피, 저 계집애의 얘기도 들을 만할 테고…. 그리고 이것저것 다른 사람 얘기들도…."

"계집애는 그렇다 친다 해도, 하지만 말일세…."

"그게 더 이득이라니까요, 각하, 확실합니다. 더 이득이에요! 그냥 실험하는 셈치고 한 번 해 보자구요…."

"무덤에서조차도 마음 편히 지낼 수 없게 만드는군!"

"장군, 그건 무엇보다도 당신 자신이 여기 무덤 속에서 프레페란스라는 카드놀이를 하고 있기 때문이오. 그리고 또 하나, 우린 당신이 무슨 생각을 하든 전혀 관-심-이 없-소."

끌리네베치가 한 글자씩 또박또박 힘주어 가며 외쳤다.

"이봐요, 그렇게 함부로 말하지 마시오!"

"뭐요? 당신은 날 건드릴 수 없지만, 난 당신을 율끼나의 삽살개처럼 놀려 먹을 수가 있소. 그리고 무엇보다도 여러분, 이 사람이 여기서 왜 장군입니까? 장군이었던 건 저 위에 있을 때 얘기고, 여기서는 아무 짝에도 쓸모없는 존재일 뿐입니다."

"아니야, 아무 짝에도 쓸모없다니… 난 여기서도…."

"당신이 그 관 속에서 썩어 버리면 남는 건 구리 단추 여섯 개밖에 없을 거요."

"브라보, 끌리네비치, 하하하!"

포효하는 목소리들이 울려 퍼졌다.

"나는 군주이신 황제 폐하를 위해 봉사했어…. 장검

도 가지고 있다고….”

“당신의 장검으로는 그저 쥐나 찌르라고. 게다가 당신은 그걸 뽑아본 적도 없잖소.”

“어쨌든 마찬가지야. 나도 전체 군대의 일부분이었으니까.”

“전체의 일부분에도 다양한 종류가 있거든.”

“브라보, 끌리네비치, 브라보, 하하하!”

“대체 장검으로 뜻하려는 게 뭔지 모르겠어!”

기술자가 큰 소리로 말했다.

“우리는 프러시아 군대를 피해 쥐새끼처럼 도망갈 거야. 그들이 우리를 박살내 버리기 전에!”

그야말로 환희에 목이 멘, 처음 듣는 목소리가 멀리서 고함처럼 울려 퍼졌다.

“기술자 선생, 장검은 곧 명예요!”

장군은 이렇게 외쳐 보려 했지만 그 말을 제대로 들은 건 나뿐이었다. 성난 부르짖음이 들리고 그것이 길게 끄는 가운데 왁자지껄한 소란도 발생했기 때문이었다. 유일하게 알아들을 수 있었던 것은 히스테리 발작이라고 할 정도로 참을성 없이 깩깩대는 아브도찌야 이그나찌예브나의 목소리였다.

"자 빨리요, 빨리! 아휴, 도대체 우리는 언제가 되어야 아무 것도 부끄러워하지 않게 되는 거야!"

"오호호! 내 영혼이 이제 진짜로 고난을 겪는구나!"

서민 상점 주인의 목소리가 들릴락 말락 하더니 그 다음엔….

그때 갑자기 내가 재채기를 했다. 졸지에 뜻하지 않게 발생한 일이었지만 그 효과는 엄청났다. 진짜 묘지에서처럼 모든 것이 잠잠해졌고, 꿈속에서처럼 모든 것이 사라져 버렸다. 정말로 '무덤과 같은 정적'이 찾아왔다. 그들이 나 때문에 부끄러워했다고는 생각하지 않는다. 그들 자신이 아무 것도 부끄러워하지 않기로 결심하지 않았던가! 나는 5분 정도 기다려 보았지만, 단어 하나, 소리 하나도 들을 수 없었다. 경찰에 신고할까봐 겁을 먹었다고는 짐작해 볼 수 없는 일이었다. 경찰이 이 일에 대해 무슨 조치를 취할 수 있겠는가? 부득이하게 난 다음과 같은 결론을 내릴 수밖에 없다. 어쨌든 그들에게는 인간들에겐 알려져 있지 않은, 그리고 모든 인간들로부터 숨기고 있는 어떤 비밀이 있는 게 틀림없다고.

'이보게들, 한 번 더 찾아오겠네.'

나는 마음속으로 이렇게 말하며 묘지를 떠났다.

이건 안 된다, 나는 이런 일을 용납할 수 없다. 안 된다, 절대로 용납할 수 없다! 보보크는 이제 더 이상은 나를 당황하게 만들지 않는다(아, 그 보보크란 것이 이렇게 정체를 드러내는구나!).

이런 데서까지 드러나는 타락의 모습, 마지막 희망이라는 이름으로 포장한 방탕한 짓들, 축 늘어져 썩어가는 시체들이 벌이는 음탕한 짓들이란…. 의식이 살아 있는 마지막 순간을 소중히 여기지도 않고 이런 짓들을 벌이다니! 그들에게 이러한 순간들이 선물로 특별히 주어졌는데도 말이다…. 그리고 정말로 중요한 건, 그런 짓을 이런 곳에서 했다는 점이다! 안 된다, 나는 이런 일을 용납할 수 없다….

다른 등급의 묘지들도 여기저기 찾아다니면서 이것저것 다 들어볼 것이다. 올바로 알기 위해서는 한 곳만이 아니라 모든 곳을 다 가 봐야 한다. 그러면 반드시 들어볼 만한 게 있는 법이다. 어쩌면 위로가 되는 것을 우연히 듣게 될지도 모를 일이다.

그리고 이들에게도 반드시 돌아올 것이다. 이들은 자신들의 과거사와 여러 가지 일화들을 얘기하겠다고 약속한 바 있다. 쳇! 어쨌든 돌아올 것이다, 반드시 돌아올 것이다. 이건 양심의 문제이니까!

≪시민≫지(誌)에 이 이야기를 가져갈 것이다. 이 잡지사 편집장의 초상화도 모 전시회에 걸려 있다.[7] 그는 어쩌면 이 이야기를 게재해 줄지도 모른다.

---

7) 도스토예프스키는 1873년 1월에 ≪시민≫지의 편집장이 되었으며, 그 전 해인 1872년 5월에는 그의 초상화가 당대의 유명 화가 바실리 뻬로프에 의해 그려진 후 이 작품이 발표되는 1873년 2월에도 계속 국립예술원에 전시되고 있는 상황이었다(이와 유비되는 상황은 이 작품의 초반에도 그려지고 있다). 따라서 이 부분은 이 이야기를 쓴 가상의 '어떤 인물(실제로는 도스토예프스키 자신)'이 ≪시민≫지의 실제 편집장인 도스토예프스키에게 작품 게제를 부탁하러 찾아간다는, 유머러스한 복합적 의미구조를 가지고 있다.

농부 마레이

하지만 이 모든 '신앙 고백(professions de foi)'[1]들을 읽는 것은 대단히 지루한 일이라 여겨지기에 일화 하나를 들려 드리겠다. 그런데 사실 이것은 일화라기보다는 그저 하나의 가벼운 회상기라고 할 수 있는데, 왠지 나는 그것을 민중에 관한 우리 논설의 결론으로서 바로 지금 여기에서 이야기하고 싶다. 나는 그때 아홉 살밖에 안 됐었다…. 아니, 이렇게 하

1) 이 작품은 ≪작가 일기≫ 1876년 2월호에 게재된 총 9개의 글들 중 하나인데, 이 작품의 앞쪽에 위치한 두 논설문의 주제가 러시아 민중과 러시아 정교의 관계였다. 이 논설문들은 작가의 진솔한 생각을 담은 일종의 신앙고백문의 성격도 가지고 있기에, 그 글들을 읽는 것을 여기에서 '신앙 고백들을 읽는 것'이라고 표현하고 있다.

기보다는 내가 스물아홉 살이었을 때로부터 시작하는 게 낫겠다.

부활절 주간의 두 번째 날이었다. 공기는 따뜻했고 하늘은 푸르렀다. 태양도 높이 떠서 따뜻하고 밝은 햇살을 비추고 있었지만, 내 마음은 아주 우울했다. 나는 막사 뒤편을 어슬렁거리면서 견고한 수용소 울타리의 말뚝들 숫자를 세어 보고 있었다. 하지만 그것은 나의 습관이었을 뿐, 셀 마음이 딱히 있었던 것은 아니다. 수용소에서 휴일이 시작된 후 벌써 두 번째 날이었다. 죄수들은 노역장으로 나가지 않아도 되었고, 상당수가 술에 취해 있었으며, 여기저기서 끊임없이 욕설과 말다툼이 이어지곤 했다. 추잡하고 불쾌한 노래, 침상 밑에서 몰래 하는 카드놀이, 너무 난장판을 만들었기에 동료들 간의 재판에 의해 반쯤 죽을 때까지 두드려 맞고서 정신이 들 때까지 침상 위에 털옷으로 덮인 채 누워 있는 몇몇 죄수들, 벌써 몇 번이나 모습을 드러낸 칼들, 이 모든 것들이 휴일 이틀 동안 나를 죽을 만큼 괴롭히고 있었다. 나는 술 취한 사람들의 방탕한 짓을 볼 때마다 혐오감 때문에 몸서리를 치곤했는데, 여기서는 특히나 그러했다. 이 기간 동안에는 간수들도 감옥을 들여다보지 않고 방 수색도 하지 않을뿐더러 술을 들여오는 것도 눈감아 준다. 이런 부랑자 같은 인간들에게도 1년에 한 번은 놀고 즐길 기회를 주어야 하며 그렇지 않으면 상황이 더 나빠진다는 것을 알기 때문이다.

마침내 내 마음 속에서는 증오심이 불타올랐다. 나는 폴란드인 정치범인 M-쯔키와 마주쳤는데, 그는 음울한 눈빛으로 나를 쳐다보았다. 그의 눈이 번쩍거렸고 입술이 떨리기 시작했다.

"나는 이 강도 놈들이 싫어!(Je hais ces brigand!)"

그는 낮은 목소리로 이렇게 씹어 뱉고는 내 옆을 지나갔다. 나는 15분 전에 도망 나왔던 막사 쪽으로 다시 발걸음을 돌렸다. 건장한 사내 여섯 명이 가진이라는 이름의 술 취한 따따르인을 제압하기 위해 모두 한꺼번에 달려들었다가 결국 그를 두들겨 패는 것을 보고 혼비백산해 도망쳐 나왔던 것이다. 그들은 그를 무지막지하게 팼는데, 그렇게 맞으면 낙타라도 죽을 것 같았다. 하지만 사내들은 이 헤라클레스가 좀처럼 죽지 않는 인간이라는 것을 알고 있었기에 아무 걱정 없이 팼다. 지금 돌아와 보니, 가진이 감옥 끝 구석의 침상 위에 살아 있는 기색이 거의 없이 무감각한 돌덩이처럼 누워 있는 것이 눈에 띄었다. 그는 털옷에 덮여 있었고 모두가 말없이 그의 옆을 지나다니고 있었다. 사람들은 그가 내일 아침이면 깨어나기를 바라고 있었지만 한편으로는 '그렇게 맞고도 살아나기는 아마 힘들 거야'라는 생각도 가지고 있었다.

나는 쇠창살이 있는 창문 맞은편의 내 자리로 조심스럽게 들어간 후, 머리 밑에 손을 베고 드러누워 눈을 감았다. 나는 그렇게 누워 있는 것을 좋아했다. 잠자는 사람을 귀찮게 하는 일은 없을뿐더러, 한편으로는 백일몽에 잠겨 보거나 이런저런 생각을 할 수도 있었기 때문이다. 하지만 그때는 아무런 백일몽도 꾸어지지 않았다. 심장은 불안정하게 뛰었고 귀에는 M-쯔키의 말이 울렸다.

"나는 이 강도 놈들이 싫어!(Je hais ces brigand!)"

하지만 무엇 때문에 그때의 내 느낌을 묘사해야만 하겠는가? 나는 지금도 밤에 꿈속에서 그때 일을 보는데, 그걸 묘사하려면 너무나 고통스러운 말을 사용해야만 되기 때문이다. 독자들은 아마도 내가 수용소 시절의 내 삶에 대해 오늘 날까지 단 한 번도 글을 쓰지 않았음을 알 것이다. 『죽음의 집의 기록』을 15년 전에 쓰긴 했지만 그건 아내를 죽인 죄인이라는 가공의 인물을 화자로 삼아서 쓴 것이었다. 말이 나온 김에 좀 더 자세히 덧붙여 보자면, 그때 이후로, 심지어 지금까지도 내가 아내를 죽인 죄 때문에 유형에 처해졌다고 생각하거나 주장하는 사람들이 꽤 많다.

어쨌거나, 자리에 누운 나는 차츰 졸림을 느끼다가 나도 모르게 추억 속으로 빠져 들어갔다. 강제 노동 수용소에서 보낸 4년의 시간 내내 나는 끊임없이 나의 모든 과거 일들을 떠올리곤 했다. 그리고 그 추억들 속에서 예전의 삶을 다시 체험하는 기분이 들곤 했다. 그 추억들은 저절로 떠오른 것들이었으며 내가 자신의 의지로 떠올린 적은 드물었다. 추억들은 간혹 그 형태를 분명히 알 수 없는 점과 선으로 시작하였고 그 다음에 점차적으로 완전한 그림, 즉 어떤 강력하고도 총체적인 인상으로 발전해 나갔다. 나는 그 인상들을 분석했고, 이미 오래 전에 경험한 일들에 새로운 특징들을 부여했다. 중요한 것은, 그러면서 그 일들을 내 스스로 수정하곤 했다는 것인데, 끊임없이 수정하는 과정 속에서 나는 큰 재미를 느꼈다.

이때는 무슨 이유에서인지 내가 겨우 아홉 살이었던 유년기의 사소한 순간 하나가 갑자기 떠올랐다. 그것은 내가 완전히 잊고 있던 순간이었다. 하지만 그 당시 나는 유년기의 추억들을 특히나 좋아했다. 내게 떠오른 것은 우리 마을에서의 8월이었다. 건조하고 청명했지만 좀 춥고 바람이 불던 날이었다. 여름도 끝자락인 때라 이제 곧 모스크바로 가서 겨울 내내 지겹도록 프랑스어 공부를 해야 했기에, 나는 그 마을을 떠나는 것이 몹시 안타까웠다.

나는 탈곡장을 지나 계곡으로 내려간 다음 로스크로 올라갔다. 계곡의 건너편을 따라 숲까지 이어지는 울창한 관목 지대의 이름이 로스크였다. 그 관목 지대로 더 깊이 들어가려는데 30걸음쯤 되는 멀지 않은 곳에서 농부가 혼자 밭을 가는 소리가 들렸다. 그 농부는 산으로 올라가는 가파른 땅을 갈고 있었기 때문에 말도 움직이기 힘들어했으며, 따라서 이따금 그가 "워, 워"하며 크게 외치는 소리가 내게까지 들려왔다. 나는 우리 농부들을 거의 다 알고 있었지만 그때 밭을 갈고 있는 농부가 누구인지는 몰랐다. 어쨌건 나와는 상관없는 일이었다. 나 역시 내 일에 완전히 빠져 있어서 바빴기 때문이다. 나는 호두나무 가지를 꺾어서 개구리를 때려잡을 회초리를 만들고 있었다. 호두나무 회초리는 참 예쁘긴 하지만 자작나무 회초리와는 반대로 튼튼하지는 않다. 나는 작은 곤충들과 딱정벌레에도 관심을 가져서 이들을 수집하고 있었는데, 개중에는 상당히 화려한 것들도 있었다. 나는 표면이 붉고 노란 색이며 그 위에 검은 색 반점이 있는 작고 잽싼 도마뱀도 좋아했다. 뱀은 무서워했지만, 뱀은 도마뱀보다 마주칠 일이 훨씬 적었다. 그곳에는 버섯이 적어서 버섯을 따려면 자작나무 숲으로 가야만 했는데, 나도 가려던 참이었다. 버섯과 산딸기가 자라고 작은 벌레와 새, 고슴도치와 다람쥐가 있는 숲만큼 내가 좋아한 것은 일생에 없다. 썩은 나뭇잎들에서 풍기는 축축한 냄새 역시 너무도 좋다. 이 글을 쓰는 지금도 우리 마을 자작나무 숲에서 나는 냄새가 느껴진다. 이런 인상들은 내 온 생애 동안 남아 있을 것이다.

그런데 깊은 정적 속에서 갑자기 분명하고 뚜렷한 다음과 같은 고함 소리가 들렸다.

"늑대가 온다!"

나는 비명을 지르고는, 두려움 때문에 얼이 빠진 채 크게 소리를 지르면서 밭을 갈고 있는 들판의 농부에게로 곧장 내달렸다.

그 사람은 마레이라는 우리 농부였다. 그런 이름이 있는지는 모르겠지만, 하여튼 모두가 그를 마레이라고 불렀다. 쉰 살쯤 되는 그는 몸이 단단하고 키가 상당히 컸으며 빽빽하게 자란 밤색 수염 속에는 흰 털이 많이 섞여 있었다. 나는 그를 알고 있었지만 그때까지 그와 말을 해 본 일은 거의 없었다. 그는 나의 비명 소리를 듣고는 말을 멈춰 세웠다. 내가 달려와 한손으로는 그의 쟁기를, 다른 손으로는 소매를 꽉 붙잡는 것을 보고 그는 나의 공포심을 알아차렸다.

"늑대가 와요!"

숨을 헐떡거리며 내가 소리쳤다.

그는 고개를 들고는 본능적으로 주위를 둘러보았다. 잠시 동안은 내 말을 거의 믿었던 것이다.

"늑대가 어디 있니?"

"소리를 쳤어요…. 누군가 조금 전에 소리쳤다고요. 늑대가 온다고 말이에요."

내가 더듬거리며 말했다.

"그게 무슨 말이니, 무슨 말이야, 늑대가 어디 있다는 거니, 헛것을 본 게로구나. 자 봐라! 여기 어떻게 늑대가 있을 수 있겠니?"

그는 나에게 용기를 주면서 그렇게 중얼거렸다. 하지만 난 온몸을 떨면서 그의 옷을 더 세게 잡고 매달렸다. 내 얼굴은 틀림없이 매우 창백했을 것이다. 그는 걱정스러워하는 미소를 띠고 나를 바라보았다. 나를 걱정하고 염려하는 것 같았다. 그는 고개를 가로저으며 말했다.

"저런, 아주 단단히 놀란 모양이구나, 아이고! 얘야, 이제 됐어. 이런, 이 애를 어쩌나…."

그는 손을 내밀어 갑자기 내 뺨을 쓰다듬었다.

"자, 이젠 됐다니까. 주님이 너와 함께 하실 거다.

성호를 그어라.”

하지만 나는 성호를 긋지 못했다. 내 입술 가장자리가 떨리고 있었는데 그것이 그를 특히 놀라게 만든 것 같았다. 그는 흙이 묻어서 더러워진, 손톱 색이 검은 두툼한 손가락을 뻗어서 나의 떨리는 입술에 살짝 갖다 대었다. 그는 나에게 어머니와 같은 미소를 천천히 지어보이며 말했다.

“이런, 세상에나, 여기가 왜 이러니? 이거 참….”

나는 늑대가 없으며 나에게 들린 늑대기 온다는 말은 환청이었음을 이해했다. 그런데 그 고함소리는 너무나 분명하고 뚜렷했다. 하지만 그런 고함소리(늑대에 관한 것만이 아니라)는 예전에도 이미 한두 번 환청으로 들린 적이 있기에 나는 그것에 대해 알고 있었다(나중에 어린 시절이 지나가면서 이런 환청도 사라졌다).

“그럼 난 갈게요.”

물어볼 게 있다는 듯한 수줍은 표정으로 그를 쳐다보며 내가 말했다.

“그래, 가려무나. 가는 뒷모습을 내가 지켜볼게. 널 절대로 늑대에게 넘겨주지는 않으마!”

여전히 엄마처럼 미소 지으며 그가 덧붙였다.

"자, 주님이 너와 함께 하실 테니 이제 가거라."

그리고 그는 나에게 성호를 그어 주더니 자신도 성호를 그었다. 나는 거의 열 걸음마다 뒤를 돌아보면서 갔다. 내가 가는 동안 내내 마레이는 자신의 말과 함께 서서 내 뒷모습을 바라보았다. 내가 뒤를 돌아볼 때마다 고개를 끄덕여 주기도 했다. 고백하자면, 나는 그 사람 앞에서 그토록 경악한 모습을 보였다는 것이 좀 부끄러웠다. 하지만 난 계곡의 비탈을 올라가서 첫 번째 곡물 창고에 이를 때까지도 여전히 늑대가 나올까 봐 무척 겁을 내며 걸어갔다. 거기에 다다르니 공포심이 완전히 사라졌는데, 그때 갑자기 어디서 나타났는지 우리 집 개인 볼초크가 내게 달려들었다. 볼초크 덕분에 완전히 기운을 차린 나는 마지막으로 한 번 마레이 쪽을 돌아보았다. 그의 얼굴은 이미 뚜렷이 볼 수 없었지만 그가 아까처럼 여전히 나에게 부드럽게 미소 지으며 고개를 끄덕이고 있다는 것은 느낄 수 있었다. 내가 그에게 손을 흔들자 그도 내게 손을 흔들어 주었다. 그러고 나서 그는 말을 움직이기 시작했다.

"워, 워!"

그가 외치는 소리가 다시금 멀리서 들려 왔고, 말은 다시 쟁기를 끌기 시작했다.

이 모든 것이 내게 단숨에 떠올랐다. 이유는 모르겠지만, 놀랍도록 상세하고 정확하게 말이다. 나는 문득 깨어나 정신을 차렸고, 침상 위에 걸터앉았다. 추억 회상으로부터 나온 조용한 미소가 여전히 내 얼굴에 피어 있었던 것이 기억난다. 나는 조금 더 회상을 이어 나갔다.

그때 마레이와 헤어져 집으로 돌아온 후 나는 누구에게도 이 '모험'에 관해 말하지 않았다. 사실 이런 걸 어떻게 모험이라고 할 수 있겠는가? 그리고 마레이에 대해서도 금방 잊어버렸다. 나중에 간혹 그와 마주쳤을 때도 내가 그와 이야기를 시작하는 일은 전혀 없었다. 늑대뿐 아니라 그 어떤 것에 대해서도 말이다. 그런데 20년이 지난 뒤 갑자기 시베리아에서 그 만남의 모든 장면이 아주 선명하면서도 극히 상세한 것까지 떠올랐던 것이다. 말하자면 그 만남이 내 마음 속에서 내 의지와는 상관없이 저절로 잠들어 있다가, 그것이 필요할 때 불현듯 떠오른 것이다. 가엾은 농노(農奴)의, 어머니같이 부드러운 미소와 성호를 긋던 모습, 머리를 끄덕이던 모습이 생각났다.

"저런, 아주 단단히 놀랐구나, 얘야!"

나의 떨리는 입술을 주저하듯 살며시 부드럽게 만지던, 흙이 묻어서 더러워진 두툼한 손가락이 특히 생각났다. 물론 누구라도 어린아이를 달래줄 수는 있다. 하지만 그 한갓진 만남 속에는 마치 무언가 전혀 다른 일이 생겼던 것 같다. 만약 내가 그의 친아들이었다 하더라도 나를 바라보는 그의 시선이 그때보다 더 찬란한 사랑으로 빛날 수는 없었을 것이다. 그렇다면 무엇이 그를 그렇게 만들었을까?

그는 우리 집의 농노였으며 나는 어쨌든 그의 주인의 아들이었다. 그가 나에게 얼마나 친절히 대해 주었는지는 아무의 관심 사항도 아니었을 것이며, 그것 때문에 그가 보상 받을 일도 없었을 것이다. 그는 그냥 어린아이들을 아주 좋아하는 사람이었을 뿐일까? 그런 사람들이 간혹 있기는 하다. 하지만 그 만남은 빈 들판에서 이루어진 호젓한 만남이었기에, 아마도 신만은 위에서 내려다볼 수 있었을 것이다. 아직까지 자신의 자유의 가능성[2]에 대해 기대하지도, 짐작하지도 못한 어떤 거칠고도 짐승처럼 무식한 러시아 농노의 마음이 얼마나 깊고도 고양된 인간적인 감정으로, 얼마나 섬세하고도 여성스러운 부드러움으로 채워질 수 있는지를 말이다. 말해 보시라. 꼰스딴찐 악싸꼬프[3]가 우리 민중의 높은 교양 수준에 대해 말했을 때 염두에 두었던 것이 바로 이것이 아닐까?

이렇게 되자, 내가 침상에서 내려와 주위를 둘러보았을 때, 문득 이 불행한 사람들을 이제는 전혀 다른 시선으로 볼 수 있다는 느낌이 들었던 것이 기억난다. 또한 온갖 증오심과 분노가 내 마음 속에서 마치 기적처럼 갑자기 사라져 버린 것도 기억난다. 나는 마주

---

2) 1861년 제정 러시아에서 단행된 농노해방을 통한 자유를 의미한다. 작가 도스토예프스키의 자전적 소설인 이 작품이 그가 9세 때인 1830년을 배경으로 하고 있다는 점을 감안한다면 농노 해방은 31년 후의 일이 되는 것이다.

3) К. С. Аксаков(1817~1860). 제정 러시아 시대의 비평가이자 시인, 극작가로서 사회, 정치, 문예, 역사에 관한 다양한 비평문과 논설문을 발표했다. 농촌 공동체의 지속, 발전과 함께 농노를 해방함으로써 러시아의 후진적 사회 체제를 개혁하려는 신념을 가지고 있었다.

치는 얼굴들을 주의 깊게 바라보며 걸어갔다. 머리를 깎이고 얼굴에 낙인이 찍히는 치욕을 당한 농부들, 술 냄새를 풍기며 쉰 목소리로 크게 노래를 부르는 농부들, 이들도 어쩌면 마레이와 똑같은 사람들일지 모른다. 내가 그들의 마음속까지 들여다 볼 수는 없지만 말이다. 나는 그날 저녁 다시 M-쯔키와 마주쳤다. 불행한 사람! 그에게는 마레이에 대한 나의 추억과 같은 것은 있을 수도 없었고, "나는 이 강도 놈들이 싫어!(Je hais ces brigand!)"라는 시선으로밖에는 이 사람들을 볼 수 없었을 것이다. 이것은 잘못된 것이다. 그리고 바로 이런 태도 때문에 당시에 폴란드인들은 우리보다 더 많은 고생을 해야 했던 것이다.

우스운 인간의 꿈

환상적인 이야기

I

나는 우스운 인간이다. 요즘 들어서는 미친놈이라고 불리고 있다. 내가 사람들에게 여전히 예전과 같은 우스운 인간으로 남아 있지 않게 되었다면 그건 관등이 높아진 것이라고도 할 수 있겠지. 하지만 이제 난 화가 나지 않을뿐더러 그렇게 말하는 모든 사람들이 사랑스럽게 느껴진다. 심지어 그들이 나를 비웃을 때조차도 왠지 더욱 사랑스럽게 느껴지는 것이다. 나도 그들과 함께 웃을 수 있다. 내 자신을 비웃는다는 것이 아니라, 그들을 바라보는 것이 이토록 서글프지만 않다면, 그들을 사랑하며 웃고 싶은 것이다. 내가 서글픈 이유는 그들이 모르는 진리를 내가 알고 있기 때문이다. 아아, 혼자만이 진리를 안다는 것은 얼마나 힘든 일인가! 하지만 그들은 이것을 이해하지 못할 것이다. 절대로 이해하지 못하리라.

나도 전에는 내가 우습게 보인다는 것 때문에 무척 우울해했다. 그렇게 보였다기보다는 실제로 그랬다. 나는 항상 우스운 인간이었고 아마 태어난 순간부터 그 사실을 알았을지도 모른다. 난 일곱 살 때 이미 내가 우스운 인간이라는 것을 알았던 것 같다. 나중에 중등학교를 다니고 그 다음에는 대학을 다녔지만 달라진 건 없었다. 공부를 하면 할수록 나는 내가 우습다는 것을 점점 더 분명히 깨우치게 되었을 뿐이다. 따라서 내게 대학에서의 모든 학문은 그것에 몰두하면 할수록 결국에는 내가 우습다는 것을 나에게 증명하고 설명하려고만 존재하는 것이나 마찬가지였다.

학문에서와 비슷한 방식으로 삶도 흘러갔다. 해가 갈수록 내 속에서는 나의 우스운 모습에 대한 동일한 의식이 모든 측면에서 성장하고 깊어져 갔다. 언제나 모두가 나를 비웃어댔다. 하지만 내가 우습다는 것을 세상 그 누구보다도 잘 아는 사람이 있다면 그것은 나 자신이라는 사실을 그들 중 누구도 몰랐고 짐작도 못했다. 그들이 이 점을 모른다는 것이 내게는 무척 유감스러운 것이긴 했지만 여기엔 나 자신의 잘못도 있었다. 나는 항상 대단히 오만했기에 그 누구에게도 그 어떤 이유로도 절대 그것을 고백하려 하지 않았기 때문이다.

오만함은 해가 갈수록 커져갔기에 만일 뜻하지 않게라도 누구에겐가 내가 우스운 사람이라는 것을 고백하는 일이 발생했다면 나는 그날 밤 즉시 권총으로 내 머리를 부숴 놓았을 것이다. 아아, 소년 시절에 나는 참지 못하고 갑자기 뚱딴지처럼 동료들에게 고백하게 될까봐 얼마나 고통을 겪었던가. 하지만 청년기에 접어든 후부터는, 나의 고약한 성품에 대해 해가 갈수록 더 잘 인식하게 되었음에도 불구하고 왠지 전보다 마음이 다소 편해졌다. '왠지'라고 말할 수밖에 없는 건 나 역시 지금까지도 그 이유를 분명히 말할 수 없기 때문이다.

그건 어쩌면 나의 모든 문제들보다 훨씬 더 고차원적인 어떤 상황과 관련된 끔찍할 정도의 우울함이 내 영혼 속에서 자라났기 때문일 수도 있다. 그것의 정체는 나를 사로잡았던 하나의 확신, 즉 세상 어느 곳에서나 모든 게 마찬가지라는 생각이었다. 나는 아주 오래전부터 이 점을 느끼고는 있었으나, 작년이 되자 갑자기 완벽한 확신이 생겼다. 나는 세계가 존재하든 혹은 어디에도 아무것도 존재하지 않든 내겐 마찬가지일 것이라는 점을 문득 깨달았다. 나는 '나와 연관된 것은 아무 것도 없다'는 점을 온몸을 통해 듣고 느꼈다. 이런 생각을 하던 처음 시기에는 그때는 없다 하더라도 그 이전에는 많은 것들이 존재했을 것이라고 느낀 적도 있었으나, 나중에는 그것은 그냥 느낌일 뿐 그 이전에도 역시 나와 연관되어 존재한 것은 아무것도 없었다는 점을 깨닫게 되었다. 점차로 나는 앞으로도 아무 것도 존재하지 않을 것이라는 점을 확신하게 되었다.

그렇게 되자 나는 다른 사람들에게 더 이상 화를 내지 않게 되었으며 그들에게 신경 쓰는 일도 거의 없게 되었다. 사실, 이 점은 아주 사소한 일들에서 드러나곤 했다. 예를 들어, 길을 가다가 사람들과 부딪히는 일들이 생기곤 했다. 그렇다고 생각에 잠겨 있어서 그런 것은 아니었다. 생각을 하든 안 하든 내겐 모든 것이 마찬가지였기에 당시의 나는 생각하는 일을 완전히 그만두었다. 그러니 새삼스럽게 생각할 거리가 무엇이 있었겠는가. 문제들을 해결했으면 좋았겠지만, 아아, 나는 하나도 해결하지 못했다. 그 많은 문제들이 쌓여 있음에도 말이다. 하지만 내겐 어떤 상황이든 마찬가지가 되었고, 그렇게 되자 문제들은 모두 사라져 갔다.

내가 진리를 깨달은 것은 그 다음의 일이었다. 그것은 지난 11월, 정확히 11월 3일이었는데, 나는 그때부터의 모든 순간들을 기억한다. 그것은 음울한, 상상할 수 있는 가장 음울한 밤이었다. 그때 나는 밤 10시가 넘어 집으로 돌아가고 있었는데, 이보다 더 음울한 밤은 있을 수 없겠다는 생각을 했던 것이 기억난다. 눈에 보이는 것들도 그러했다. 하루 종일 비가 퍼부었는데 아주 차갑고도 음울한 비, 인간에 대해 노골적인 적대감을 품은 것으로 느껴질 정도의 사나운 비였던 것으로 기억한다. 그런데 열 시가 넘어가자 갑자기 비가 그치고 으스스한 습기가 느껴지기 시작했다. 비가 내리고 있을 때보다 더 습하고 차가워져서, 길 위의 돌멩이들까지 포함한 온갖 것들에서, 그리고 멀찌감치 떨어진 길로부터 깊숙이 들여다보면 모든 골목길에서도 어떤 수증기와 같은 것이 솟아올랐다. 나는 문득 가스등이 모두 꺼져 버리면 기분이 나아지지 않을까, 가스등이 있어 모든 걸 비춰주기에 더 슬픈 건 아닐까 하는 생각이 들었다. 나는 그날 식사를 거의 못한 상태에서 이른 저녁 시간부터 어느 기술자의 집에 눌러앉아 시간을 보냈었는데, 그 집에는 두 명의 친구가 더 와 있었다. 내가 계속 침묵을 지키자 그들도 싫증이 난 듯했다. 그들은 뭔가 자극적인 이야기를 하다가 갑자기 흥분을 하기도 했다. 하지만 내 눈에는 그들로서는 어찌되든 상관없는 이야기를 하면서 괜히 흥분하는 것이 보였다. 결국 난 그들에게 그걸 말해 버렸다.

"이보게들, 결론이 어찌되든지 자네들과는 아무 상

관없지 않은가?"

그들은 기분나빠하는 대신 모두 나를 비웃기 시작했다. 한편으로는 내 말에 전혀 비난 투가 없었고, 다른 한편으로는 이거나 저거나 마찬가지라는 심드렁한 말투만 드러났기 때문이다. 하지만 내가 아무 일에도 관심이 없는 자라는 걸 실제로 알게 되자 그들은 다시 유쾌해졌다.

길을 가며 잠시 가스등 생각을 하다가 나는 힐끗 하늘을 쳐다보았다. 하늘은 지독히도 캄캄했으나 잘게 흩어진 구름들과 그 사이로 뻥 뚫린 듯한 검은 얼룩들이 뚜렷이 보였다. 문득 그 얼룩들 안에 작은 별이 하나 보였는데, 나는 그것을 뚫어지게 바라보기 시작했다. 그 별이 내게 어떤 생각을 불러일으켰기 때문이었다. 나는 그날 밤 자살하기로 결심한 것이다.

그 생각은 이미 두 달 전부터 내 마음 속에 자리잡고 있었다. 그래서 곤궁한 처지였음에도 불구하고 썩 괜찮은 권총을 사서 그날 즉시로 장전을 해 두었다. 하지만 벌써 두 달이 지났어도 권총은 여전히 서랍 속에 놓여 있었다. 그런데 이 일 역시 어떻게 되든 마찬가지라는 식의 마음이 지나치게 되자, 마침내는 마찬가지가 되지 않을 때를 포착하고자 하는 마음도 생겨났다. 무엇 때문에 그렇게 되었는지는 모르겠다. 이런 식으로 해서 두 달 동안은 매일 밤 집으로 돌아올 때마다 자살하겠다고 마음먹곤 했다. 나는 계속 적당한 때를 기다리고 있었다. 그런데 이제 그 별이 생각을 불러일으키자 나는 반드시 그날 밤이 실행일이 되어야겠다고 결심하기에 이르렀다. 왜 그 별 때문에 그런 생각이 들었는지는 나도 모르겠다.

여하튼, 내가 하늘을 올려다보고 있을 때 갑자기 그 여자 아이가 내 팔꿈치를 붙잡았다. 거리는 이미 사람이 거의 없이 텅 비어 있었다. 멀찌감치 마차 위에서는 마부가 졸고 있었다. 여자 아이는 여덟 살쯤 되었고 온몸이 젖은 상태에서 머릿수건을 두르고 작은 드레스를 입고 있었는데, 특히 그녀의 너덜너덜한 신발이 지금도 기억에 선명하다. 그 신발이 특히 내 눈에 들어왔던 것이다. 갑자기 그 애가 내 팔꿈치를 잡아당기면서 무언가 말하기 시작했다. 울고 있지는 않았지만, 어떤 단어들을 마치 토막토막 비명 지르듯이 내뱉었다. 오한이 나 온몸을 덜덜 떠느라고 정확하게 발음을 할 수 없었던 것이다. 그 애는 무엇 때문인지 공포에 사로 잡혀 "엄마가! 엄마가!"라고 절망적으로 외쳐댔다.

나는 그 아이 쪽으로 돌아설까 하다가, 그냥 아무 말도 하지 않고 가던 길을 계속 가기 시작했다. 하지만 그 아이는 쫓아오면서 내 팔꿈치를 잡아당겼는데, 목소리에는 극도로 겁에 질린 아이들의 절망감이 울려 나오고 있었다. 나는 그러한 울림을 익히 알고 있다. 여자 아이는 미처 말을 다 끝맺지 못했지만, 그 아이의 어머니가 어디에선가 죽어가고 있든지 또는 그들에게 무슨 일인가 일어나 그 아이가 엄마를 도와줄 누군가를 부르거나 무언가를 찾으러 달려 나온 것 같았다.

하지만 나는 그 아이를 따라가지 않았고, 오히려 그 아이를 쫓아 버려야겠다는 생각이 갑자기 들었다. 처음에 나는 그 아이에게 경찰관을 찾아보라고 말해 주었다. 그러나 그 애는 갑자기 조그만 손을 마주 잡더니 숨이 막힐 듯 흐느껴 울며 종종걸음으로 내 곁을 계속 따라왔다. 그래서 난 발을 구르며 소리를 질렀다. 그 애는 그저 “나리, 나리”라고 부르짖더니만 홀연 나를 내버려 두고 길을 건너 뛰어갔다. 그쪽에 다른 행인의 모습이 보였기 때문에 나를 두고 그 사람에게 달려간 것 같았다.

나는 5층 내 방으로 올라갔다. 나는 그 곳에 방 하나를 세내어 살고 있는데 그런 방들이 몇 개 더 있다. 내 방은 볼품없고 작은데, 창문은 다락방 식의 반원형으로 뚫려 있다. 방 안에는 기름 먹인 천으로 만든 소파, 책들이 놓인 책상, 두 개의 의자, 그리고 지독히도 낡았지만 그래도 볼테르 식[1]의 제법 편안한 의자가 하나 있다. 나는 의자에 앉아 촛불을 켜고 생각에 잠겼다.

칸막이로 막은 옆방은 여전히 매우 소란스러웠다. 벌써 사흘째 계속되는 소란이었다. 거기에는 퇴역 대위가 살고 있는데, 손님들이 와 있었다. 여섯 명쯤 되는 별 볼 일 없는 작자들이 보드카를 마시거나 낡은

1) 앉는 부분이 낮고 널찍하며 등받침 부분이 높은 방식.

카드로 쉬토스라는 도박을 하는 것이었다. 전날 밤에는 싸움이 일어나서 그들 중 두 명이 오랫동안 서로 머리끄덩이를 잡고 뒹굴었던 것을 나는 안다. 셋집 여주인은 항의를 하고 싶었으나 대위를 끔찍이 두려워하는 그녀는 말을 건네지 못했다. 그 외의 임차인으로는 키가 작고 마른 여자가 하나 있을 뿐인데, 연대 장교의 부인인 듯한 그녀는 타지에서 온 사람이며 어린 자식 셋은 이 집에 세들 때부터 병이 나 있다. 그녀와 아이들은 대위를 기절할 정도로 두려워해서 밤새도록 벌벌 떨며 성호를 긋곤 했는데, 막내 아이는 무서움 때문에 발작을 일으켰을 정도였다.

내가 알기론 이 대위라는 자는 간혹 네프스키 대로에서 지나가는 행인들을 붙잡고 구걸을 한다고 한다. 그는 일자리를 구하지 못하고 있는 것이다. 그런데 이상한 것은(바로 그것 때문에 이 이야기를 하는 것이지만) 그가 이 집에 살기 시작한 이후 한 달이 되었지만 내게는 한 번도 기분 나쁜 짓을 하지 않았다는 점이다. 나는 물론 처음부터 그와 알고 지내는 것을 회피했지만, 그 역시 나와의 첫 대면에서부터 지루함을 느낀 모양이었다.

어쨌든, 칸막이 너머에서 얼마나 소리를 질러대든, 얼마나 많은 자들이 모여 있든, 내게는 항상 마찬가지이다. 나는 밤새 앉아 있으면서도 그들이 내는 소리를 듣지 못한다. 그 정도로 그들에 대해서는 잊고 지내는 것이다. 사실 난 매일 밤 동틀 녘까지 자지 않고 있는데, 이런 지가 벌써 1년이다. 나는 밤새도록 아무 것도 하지 않고 책상머리의 안락의자에 앉아 있다. 책은 낮에만 읽는다. 밤에 그저 멍하니 앉아 있으면 어떤 생각들이 오락가락할 때도 있는데, 그러면 그냥 그러도록 내버려 둔다. 촛불은 하룻밤 사이에 다 타 버린다.

나는 책상머리에 조용히 앉아 권총을 꺼내 내 앞에 놓았다. 권총을 앞에 놓은 후 “이게 맞는 건가?”라고 자문했고 그 다음엔 굳게 확신하며 “맞아”라고 대답했던 것이 기억난다. 즉, 자살하겠다는 말이다. 나는 그 날 밤 필시 자살할 것이라는 점을 알고 있었지만 그 때까지 얼마나 더 책상 앞에 앉아 있게 될지, 그것은 몰랐다. 그 여자 아이만 아니었다면 나는 분명히 방아쇠를 당겼을 것이다.

II

사실 무엇이 어찌되든 마찬가지라 해도, 예를 들어 고통이라는 최소한의 무언가를 느낄 수 있음은 분명하다. 가령 누가 나를 때린다면 나는 고통을 느낄 것이다. 윤리적인 측면에서도 이와 같다. 무언가 아주 측은한 일이 발생한다면, 인생의 모든 게 마찬가지라는 생각이 아직은 들지 않았던 과거의 어느 때처럼 그 일에 대해 연민의 감정을 느낄 것이다. 실제로 나는 그날 밤 측은한 생각이 들긴 했다. 그 아이를 꼭 도와주고 싶었으니까. 그렇다면 대체 무엇 때문에 돕지 않은 걸까?

그건 그 때 떠오른 한 가지 생각 때문이었다. 그 아이가 나를 부르며 내 팔을 잡아당기고 있을 때 내 눈앞에 하나의 의문이 떠올랐는데, 나는 그것을 해결할 수가 없었던 것이다. 의문은 하찮은 것이었지만 그럼에도 나는 화가 났다. 내가 그날 밤 자살하기로 이미 결심을 했다면, 그 때는 당연히 이전 어느 때보다도 더 세상 모든 것이 마찬가지여야 하지 않은가? 무엇 때문에 갑자기 모든 것이 다 마찬가지가 아닌 것처럼 느껴지고 그 여자 아이를 불쌍하게 여기게 된 것일까? 지금도 기억하건데, 그녀를 정말로 측은하게 여기는 와중에 당시의 내 처지로 봐서는 도저히 믿을 수 없을 정도의 고통이 느껴졌다. 솔직히 그때의 순간적인 느낌을 더 잘 전달하지는 못하겠지만, 그 느낌은 집에 와 책상 앞에 눌러 앉아 있는 동안에도 지속되었다. 나는 예전에 없이 격앙되었다.

하나의 추론 뒤에 다른 추론들이 꼬리에 꼬리를 물고 이어졌다. 내가 인간이고 아직 무(無)가 아니라면, 그리고 아직은 무(無)로 변하지 않았다면, 그건 내가 살아있다는 뜻이고 따라서 나의 행동에 대해 고통스러워하고 화가 나고 수치심을 느낄 수 있다는 생각이 뚜렷하게 떠올랐다. 그거야 그렇겠군. 하지만, 가령 두 시간 뒤에 내가 자살한다면, 그때는 그 여자 아이가 내게 무슨 의미가 있을 것이며 수치심이니 세상 모든 것이니 하는 것들이 나와 무슨 상관이 있을 것인가? 나는 무(無), 절대적인 무(無)가 되어 버린다. 내가 이제 절대로 존재하지 않게 될 것이고 따라서 이 세상 그 어느 것도 존재하지 않게 된다고 의식한다 하더라도, 여자 아이에 대한 측은지심이나 비열한 행위에 대한 수치심이 그 의식에 의해 정말로 조금도 영향을 받지 않을까?

사실, "내가 동정심을 느끼지 않을뿐더러 비인간적인 속물 같은 행위까지 하게 된다 해도, 지금은 그럴 수 있어. 왜냐하면 두 시간 후면 모든 것이 소멸되기 때문이야"라고 말하고 싶었던 것, 이것이 바로 내가 불쌍한 여자 아이에게 발을 구르고 사나운 목소리로 소리를 지른 이유이다. 그래서 소리를 질렀다면 당신들은 믿겠는가? 지금 나는 이 점을 거의 확신하고 있다. 그때 뚜렷이 떠올랐던 것은 인생과 세상이 이제는 마치 내게 달려 있는 것처럼 보였다는 점이다. 이제 보니 세상은 나 혼자만을 위해 만들어진 것 같다고도 할 수 있었다. 내가 방아쇠를 당기면 세계도 존재하지 않게 된다, 최소한 내게는 말이다. 별다를 것도 없는 얘기이지만, 내가 사라진 뒤에는 아마 그 누구에게도 그 어떤 것도 존재하지 않는 일이 실제로 생길 것이다. 나의 의식이 소멸되자마자 온 세상 역시 그저 나의 의식의 부속물이었던 것처럼, 마치 환상처럼 소멸될 것이다. 왜냐하면 이 세계 전체와 사람들 전체가 바로 나 자신 한 사람에 지나지 않을 수도 있기 때문이다.

이런저런 판단을 해 보며 책상에 앉아 있는 동안, 하나둘씩 연달아 몰려오는 이 모든 새로운 질문들을 완전히 다른 방향으로 뒤집어 보기도 했고, 그래서 극히 새로운 어떤 것들을 생각해 내기도 했던 것이 기억난다. 예를 들어, 내 머리에 다음과 같은 어떤 이상한 생각이 떠올랐다. 가령 내가 예전에 달이나 화성에 살았는데 그곳에서 그야말로 상상 속에서나 가능한 정말로 치욕스럽고도 불명예스러운 행위를 저질렀고 그로 인해 정말 악몽 속에서나 느끼고 상상할 수 있는 비난과 모욕을 당했다고 치자. 그런데 나중에 문득 정신을 차려 보니 이젠 지구에 와 있게 되었다고 가정하자. 이때 내가 다른 행성에서 무슨 짓을 했는지 계속 의식하고 있는 상태에서 이제 그곳으로는 절대로 다시 돌아가지 않는다는 사실을 알고 있다면, 그때도 지구에서 달을 쳐다보면서 '이제 그 일은 나에겐 아무려나 마찬가지야'라는 느낌이 들까? 아니면 그런 느낌이 없을까? 내가 한 행위에 대해 부끄러움을 느낄까? 아니면 못 느낄까?

권총이 이미 내 앞에 놓인 이상, 그리고 '그것'이 분명히 발생할 것이라는 점을 온몸으로 느끼고 있는 이상, 이런 의문들은 쓸데없는 것이었다. 하지만 이 의문들 때문에 나는 흥분했고 격해졌다. 이제는 무언가를 먼저 해결하지 않고서는 이미 죽을 수도 없게 된 것 같았다. 한마디로 말해, 그 여자아이가 나를 살린 것이다. 왜냐하면 여러 가지 의문들로 인해 발사를 미뤘으니까. 그러는 사이에 대위의 방에서도 모든 것이 조용해져 갔다. 카드놀이를 끝내고 잠자리에 드는 모양이어서 잠시 동안은 투덜거리거나 나른하게 욕지거리를 하는 소리가 들려 왔다.

바로 그 때 나는 책상 앞 안락의자에 앉은 상태에서 갑자기 잠이 들어 버렸다. 그런 일이 예전에는 한 번도 없었는데, 나 자신도 전혀 모르게 잠이 들어 버린 것이다.

다들 알다시피, 꿈이란 굉장히 이상한 것이다. 어떤

부분은 잘 마무리된 보석 세공품처럼 세부적인 부분까지 끔찍할 정도로 선명하게 그려지는가 하면, 다른 부분에서는 전혀 의식하지 못한 상태에서 공간과 시간을 뛰어넘어 가는 경우도 있다. 꿈을 꾸게 만드는 건 아마 이성이 아니라 욕망이며, 두뇌가 아니라 가슴일 것이다. 그럼에도 불구하고 가끔은 나의 이성이 얼마나 교묘한 일들을 꿈속에서 행하는가! 그런가 하면 이성으로는 도저히 이해될 수 없는 일들이 꿈속에서 일어나기도 한다. 예를 들어, 나의 형은 5년 전에 죽었다. 나는 그를 가끔 꿈속에서 보는데, 그는 나의 일에 참여를 하고 우리는 그 일에 꽤 열성적이다. 그렇지만 나는 꿈이 계속되는 동안에도 형이 죽어서 장례까지 치렀다는 것을 잘 알고 있다. 그가 죽었음에도 불구하고 여기 내 옆에 와서 함께 분주히 일하고 있다는 사실에 내가 놀라지 않는 것은 대체 어찌된 까닭인가? 어째서 나의 이성은 이 모든 것을 그대로 용인하는 것일까?

뭐, 그렇다고 치자. 내 꿈 이야기를 시작해 보겠다. 그렇다, 그때 나는 다음과 같은 꿈, 11월 3일의 내 꿈을 꾼 것이다! 사람들은 이것이 단지 꿈일 뿐이라고 비웃는다. 하지만 만일 이 꿈이 내게 '진리'를 알려 주었다면, 그것이 꿈인지 아니면 현실인지가 정말 문제가 될까? 일단 진리를 알게 되었고 그것을 보았다면, 그것은 이미 진실이며 그 외의 다른 진리란 존재하지도 않고 존재할 수도 없기 때문이다. 당신이 잠들어 있든 혹은 깨어 있든 말이다. 그래, 꿈이라 하자, 그렇다고 치자. 하지만 당신들이 그렇게나 높이 평가하는 이 삶을 내가 자살로 종식시키려 했던 반면 나의 꿈, 나의 꿈, 아아, 그것은 내게 새롭고도 위대하며 혁신적이고도 강력한 삶을 알려 주었던 것이다!

들어 보라.

III

같은 문제들에 대해 계속 골똘히 생각하다가 어느새 잠이 들었다는 이야기를 한 바 있다. 갑자기 꿈을 꾸었는데 꿈속에서 나는 앉은 채로 권총을 잡아 곧바로 심장에, 머리가 아니라 심장에 겨누었다. 예전에는 반드시 머리를, 그것도 꼭 오른쪽 관자놀이를 쏘아야겠다고 마음먹었는데 말이다. 가슴에 총을 겨눈 후 방아쇠를 당길 순간을 1, 2초쯤 기다리고 있는데, 갑자기 눈앞의 촛불과 책상과 벽이 움직이며 흔들거리기 시작했다. 나는 더 지체하지 않고 발사했다.

꿈에서는 높은 곳에서 떨어지거나 칼에 찔리거나 매를 맞는 일이 간혹 있지만 고통을 느끼는 일은 전혀 없다. 실제로 침대에 부딪혀 다치는 경우를 제외하고는 말이다. 그렇게 되면 대개 고통을 느껴 잠에서 깨게 될 것이다. 내 꿈에서도 그랬다. 고통을 느끼진 못했지만 발사와 함께 내 안의 모든 것이 흔들리고 주위의 모든 것이 빛을 잃어 주변이 끔찍할 정도로 깜깜해진 것 같은 생각이 들었다. 마치 눈이 멀고 벙어리가 된 상태에서 어떤 딱딱한 물체 위에 등을 대고 몸을 쭉 뻗은 채 누워 있는 느낌이었다.

아무 것도 보이지 않고 몸도 전혀 움직일 수 없다. 주위에선 사람들이 걸어 다니거나 소리 지르고 있으며, 대위의 낮은 목소리와 여주인의 날카로운 목소리도 들린다. 갑자기 또다시 정적이 드리우더니만 그 다음에 이미 나는 뚜껑 덮인 관 속에서 운반되어지고 있다. 관이 흔들거리는 것을 느끼며 나는 이것이 어떤 상황인지를 골똘히 생각해 본다. 그러자 별안간 '나는 죽었다, 완전히 죽었다. 나는 이 점을 알고 있고 의심하지 않는다. 눈도 보이지 않고 몸도 움직일 수도 없으니까. 그런데도 한편으로는 감각이 있고 사고도 할 수 있다니'라는 생각이 처음으로 나에게 충격을 준다. 하지만 난 곧 이 상황에 순응을 하고, 꿈속에서 으레 그러하듯이 순순히 현실을 받아들인다.

이렇게 해서 나는 땅 속에 묻힌다. 모두가 가 버리고 나는 혼자, 완전히 혼자이다. 나는 꼼짝하지 않는다. 예전에 내가 무덤에 매장될 장면을 현실 속에서 상상해 볼 때가 있었는데, 그때마다 무덤과 연관되어 떠오르던 느낌은 습기와 추위뿐이었다. 실제로 이때도 심한 추위가 느껴졌고 특히나 발가락 끝이 그랬다. 그러나 그 외의 다른 것은 느끼지 못했다.

나는 누워 있었고, 죽은 자에게는 아무 것도 기다릴 것이 없다는 말을 순순히 받아들이나 보니 이상하게도 아무 것도 기다려지지 않았다. 하지만 주위가 축축했다. 얼마나 시간이 흘렀는지, 한 시간 혹은 며칠 혹은 많은 날들이 흘렀는지 모르겠다. 그런데 관 뚜껑으로 스며든 물이 감고 있던 왼쪽 눈으로 갑자기 한 방울 떨어졌다. 1분쯤 지나자 두 번째 방울, 그 다음 1분이 지나자 세 번째 방울, 또 그 다음, 또 그 다음, 이런 식으로 1분 간격으로 계속되었다. 갑자기 가슴 속에서 강렬한 분노가 솟구쳐 올라왔다. 그와 함께 갑작스러운 육체적 고통도 느껴졌다. 나는 생각했다. '이건 나의 상처 때문이구나. 권총으로 쏴서 난 상처. 그 속에 탄알이 있겠지' 물방울은 감은 눈 위로 매분마다 계속해서 똑똑 떨어졌다.

별안간 나는 내게 일어난 모든 일의 주권자(主權者)를 향해 호소했다. 소리를 내지 못하고 몸도 움직일 수 없었기에, 내 존재 전체를 통해 호소한 것이다.

"당신이 누구든, 만약 당신이 존재한다면, 그리고 지금 벌어지고 있는 것보다 더 합리적인 무언가가 존재한다면, 그것이 여기에도 존재하게 허락해 주십시오. 만일 그게 아니라, 당신이 죽음 후의 내 존재를 이렇게 흉측하고 한심하게 만듦으로써 나의 우둔한 자살에 대해 보복을 하고 있는 거라면, 이건 알아 두십시오. 그 어떤 고통이 닥쳐도, 설사 그것이 수백만 년 지속된다 할지라도, 내가 조용히 겪어야 할 이런 모멸감과는 비교가 되지 않을 것이란 말입니다!"

나는 이렇게 호소하고 나서 침묵했다. 거의 1분 정도 깊은 정적이 지속되다가 물 한 방울이 더 떨어졌다. 하지만 난 이제 분명히 모든 상황이 변할 것이라는 점을 흔들리지 않는 무한대의 확신을 통해 알고 있었다.

그런데 그때 갑자기 내 무덤이 활짝 열렸다. 무덤이 파헤쳐져 열린 것인지의 여부는 잘 모르겠지만, 어떤 어둡고 낯선 존재가 나를 데리고 나갔으며 그 후 우리는 어떤 공간 속에 있게 되었다. 나는 갑자기 시력을 되찾았다. 깊은 밤이었는데, 이런 어둠은 그때껏 결코 본 일이 없었다! 우리는 이미 지상에서 먼 공간 속을 빠른 속도로 날고 있었다. 나는 나를 데리고 가는 이에게 아무 것도 묻지 않았다. 자신감으로 충만했기에 그냥 기다렸을 뿐이다. 두렵지 않다고 내 자신에게 확신을 불어넣으면서, 나는 그 확신에서 나오는 환희 때문에 숨이 막힐 지경이었다. 얼마 동안 날아갔는지는 기억이 나지 않고 상상도 되지 않는다. 언제나 그렇듯이 모든 것이 꿈속에서처럼 이루어지고 있었다. 공간과 시간, 존재와 이성의 법칙을 뛰어넘고 마음이 몽상하는 지점들에서만 멈추게 되는 꿈속에서처럼 말이다. 그러다 갑자기 어둠 속에서 어떤 작은 별을 본 것을 기억한다.

"저 별은 시리우스인가요?"

아무 것도 묻지 말자 생각했기에 가만히 있었지만, 결국은 더 참지 못하고 내가 갑자기 물어보았다.

"아니야, 저 별은 자네가 집으로 돌아오면서 구름 사이로 본 그 별일세."

나를 데려가고 있던 존재가 대답했다. 나는 그가 마치 인간과 같은 얼굴을 지니고 있다는 것을 알았다. 이상하게도 나는 이 존재가 마음에 들지 않았고 강한 혐오감마저 느꼈다. 나는 죽음 뒤에 완전한 무(無)를 기대했었기에 심장에 총을 쏘았던 것이다. 그런데 지금 나는, 물론 인간 차원의 존재는 아니지만, 실재(實

在)하는 어떤 존재의 손 안에 있다. 꿈속에서는 사람들이 이상하리만큼 경솔해지듯 나 역시 '그렇다면 무덤 너머에도 삶이 있구나!'라고 가볍게 생각하고 넘길 수도 있었다. 하지만 내 마음 속 가장 깊은 곳의 본질은 그대로 남아 있었다. 나는 생각했다. '다시 존재해야 한다면, 그래서 또다시 누군가의 거역할 수 없는 의지에 따라 살아가야 한다면, 정복당하거나 굴욕당하기는 싫다!'

"당신은 내가 당신을 두려워한다는 것을 알고 있겠지. 그래서 그것 때문에 나를 경멸하고 있는 거야."

나는 내 자신에게 굴욕적인 질문을 억제하지 못하고 동행자에게 말을 걸었는데, 그 질문은 고백이나 다름없었다. 그렇게 말하기 전 나는 가슴 속에서 핀 끝으로 찔리는 듯한 굴욕감을 느꼈다. 그는 나의 질문에 답하지 않았으나, 나는 그가 나를 경멸하거나 비웃거나 불쌍하게 여기고 있지는 않다는 점을 느꼈다. 그리고 우리의 길이 오직 나와만 관련되는 미지의 신비로운 목표를 가지고 있음도 느꼈다. 공포가 가슴 속에서 커져 갔다. 침묵의 동행자로부터 무언가가 말없이 고통스럽게 전해져 와 내 몸을 꿰뚫고 들어오는 것 같았다.

우리는 미지의 어두운 공간을 빠른 속도로 날아가고 있었다. 예전에 알고 있던 별자리들은 이미 오래 전부터 눈에 띄지 않고 있었다. 이 우주 공간에는 그 빛이 지구에 이르기까지 수천 년, 수백만 년이나 걸리는 별들이 존재한다는 것을 나는 알고 있었다. 어쩌면 우리는 이미 그러한 공간들을 통과하고 있었을지도 모른다. 가슴 속을 공허하게 만드는 극도의 우울함 속에서 나는 무언가를 기다리고 있었다.

그때 갑자기 익숙하면서도 무척 강렬한 어떤 느낌이 나를 뒤흔들었다. 내가 문득 우리의 태양을 보았던 것이다! 나는 이것이 '우리의' 지구를 낳은 '우리의' 태양일 리가 없으며 나와 동행자는 태양으로부터 한없이 먼 거리에 떨어져 있다는 것을 알고 있었다. 하지만 무슨 이유에서인지, 나는 이것이 우리의 태양과 완전히 똑같은 태양이며 그것의 복제물이자 분신이라는 것을 온몸으로 직감했다. 달콤하고도 강렬한 느낌이 내 영혼 속에서 황홀하게 울리기 시작했다. 어머니와 같은 빛의 힘, 나에게 생명을 준 그 빛의 힘이 나의 가슴에 반향을 일으켜서 그것을 살아나게 만들었다. 나는 생명을, 무덤에 묻힌 후 처음으로 예전과 같은 생명을 느꼈다.

"하지만 이것이 태양이라면, 우리의 태양과 완전히 똑같은 태양이라면 지구는 도대체 어디에 있소?"

나는 외쳤다. 그러자 나의 동행자는 어둠 속에서 에메랄드처럼 반짝이는 작은 별을 가리켰다. 우리는 곧장 그 별 쪽으로 날아갔다.

"과연 우주에 이런 복제물들이 존재할 수 있을까? 자연의 법칙이란 원래 이러한 것인가? … 만약 저기 있는 것이 지구라면 그것이 과연 우리의 지구와 똑같은 지구일까? 불행하고 가난하지만 소중하고도 영원히 사랑스러운 우리의 지구, 가장 감사할 줄 모르는 자신의 자식들의 마음에도 사무치는 사랑의 감정을 불러일으키는 우리의 지구와 똑같은 지구일까?"

나는 내가 떠나온 예전의 고향 지구에 대한 억제할 수 없는, 열렬한 사랑에 몸을 떨며 절규했다. 내가 모욕했던 가엾은 여자 아이의 모습이 눈앞을 스쳐 지나갔다.

"이제 모든 것을 다 보게 될 것일세."

내 동행자의 대답에서는 어떤 슬픔이 묻어 나왔다.

어쨌든 우리는 그 행성에 급속히 다가갔다. 그것이 눈앞에서 점점 커져 가자 대양과 유럽의 윤곽이 벌써 구분되기 시작했다. 갑자기 어떤 위대하고도 신성한 질투의 이상스러운 감정이 내 가슴 속에서 타 올랐다.

'어떻게 이렇듯 유사한 복제물이 있을 수 있을까? 이것은 뭘 위해서일까? 나는 내가 남겨 두고 온 지구, 감사할 줄 모르고 심장에 총을 쏴 생명을 끊을 때 뿜어 나간 핏방울들이 남아 있는 그 지구만을 사랑할 수 있다. 나는 한 번도, 단 한 번도 그 지구에 대한 사랑을 멈춘 적이 없었다. 지구와 작별하던 그날 밤에는 오히려 다른 어느 때보다도 더 고통스럽게 사랑한 것 같다. 이 새로운 지구에도 고통이란 것이 있을까? 우리의 지구에서 진실한 사랑이란 고통이 수반될 때만, 오직 고통을 통할 때만 존재 가능하다! 우리는 다른 식으로는 사랑할 줄 모르며 다른 종류의 사랑은 알지도 못한다. 나는 사랑하기 위해서 고통을 원한다.

지금 이 순간 나는 내가 남겨 두고 온 그 지구에만 펑펑 울며 키스를 하고 싶다. 다른 어떤 지구에서의 삶도 원하지 않고 받아들이지 않겠다!'

하지만 나의 동행자는 이미 내 곁을 떠났다. 갑자기 나는 자신도 전혀 모르는 사이에 천국처럼 매혹적인 한낮의 햇살이 선명하게 빛나는 이 다른 지구에 내려앉아 있었다. 나는 우리 지구로 치면 그리스 에게 해에 있는 섬들 중 하나이거나 혹은 에게 해에 인접한 대륙의 해안에 서 있는 것 같았다. 아아, 모든 게 우리 지구와 똑같았다. 다만 어디서나 어떤 축제의 분위기, 그리고 결국은 이루어 낸 위대하고 성스러운 승리의 분위기로 빛나고 있는 듯했다. 부드러운 에메랄드 빛 바다는 고요하게 해안선에 부딪히고 있었으며, 눈에 띌 정도로 의식적이고 분명하게 사랑의 마음을 담아 해안선에 키스하고 있었다. 커다랗고 멋진 나무들이 찬란한 색채를 뽐내며 서 있었고, 확신하건데, 무수한 잎사귀들은 어떤 사랑의 말을 건네듯 고요하고도 부드러운 사각거림으로 나를 환영했다. 풀밭은 강렬한 색깔의 향기로운 꽃들로 타오르고 있었다. 새들은 떼를 지어 하늘을 날아다니다가 파닥거리는 사랑스러운 날개로 나를 치면서 내 어깨와 팔에 두려움 없이 내려앉았다.

그리고 마침내 나는 이 행복한 지구에 사는 사람들을 발견하고 그들을 알게 되었다. 그들은 스스로 내게 오더니 나를 둘러싸고 키스해 주었다. 태양의 자손들, 자기 태양의 자손들, 아아, 그들이 얼마나 아름답던지! 우리 지구에 살 때 나는 인간에게서 그런 아름다움을 본 적이 한 번도 없었다. 우리 지구에서는 오직 아이들에게서만, 그것도 그들이 아주 어린 나이일 때만, 이러한 아름다움의 먼 흔적을 그나마 희미하게 발견할 수 있을지 모른다.

그 행복한 사람들의 눈은 맑게 반짝거리고 있었다. 그들의 얼굴은 이성으로, 그리고 이미 고요한 상태에 도달해 충만해진 의식으로 빛났다. 하지만 그 얼굴들은 명랑했다. 그들의 말과 목소리에는 어린아이와 같은 기쁨이 울려 나오고 있었다. 아아, 나는 그들의 얼굴을 보자마자 즉시 모든 것을, 모든 것을 깨달았다! 이것은 죄악으로 더럽혀지지 않은 지구였다. 그곳에는 죄를 저지르지 않은 사람들이 살고 있었다. 그들은 인류의 전설에 따르면 우리의 타락한 조상들이 아직 죄를 짓기 전에 살았다는 바로 그 낙원과 똑같은 곳에 사는 사람들이었다. 유일한 차이가 있다면 이 지구는 구석구석 어디나 다 똑같이 천국이었다는 점이다. 사람들은 쾌활하게 웃으며 내 주위에 모여들어 나를 어루만져 주었다. 그들은 자기들이 사는 곳으로 나를 데려갔는데, 그들 모두가 내 마음을 편하게 해 주려 하는 것 같았다. 아아, 그들은 내게 아무 것도 캐묻지 않았으나, 내가 보기에 그들은 이미 모든 것을 알고 있는 듯했으며 나의 얼굴에서 한시바삐 고통을 지워 주고 싶은 듯 했다.

IV

다시 한 번 말하거니와, 이것을 단순히 꿈이라고 해도 좋다! 하지만 이 순진하고도 아름다운 사람들이 준 사랑의 느낌은 내 안에 영원히 남았기에 지금도 그들의 사랑이 그곳으로부터 나에게로 흘러오는 것 같은 느낌이다. 나는 그들을 직접 보았고 알게 되었으며 확신하게 되었다. 나는 그들을 사랑했으며 나중에는 그들 때문에 고통을 받았다. 아아, 나는 이미 그때 금방 알아차렸다. 내가 그들을 많은 점에서 전혀 이해하지 못하게 될 거라는 점을 말이다.

예를 들어, 현대의 러시아 진보주의자이며 추악한 뻬쩨르부르그 주민인 나에게는 그들이 그토록 많은 것을 알고 있으면서도 우리의 학문이란 것은 가지고 있지 않다는 점이 불가해하게 느껴졌다. 하지만 내가 곧 알게 된 것은 그들의 지식이 우리 지구에서와는 다른 종류의 통찰력을 자양분 삼아 채워진다는 점과 그들이 갈망하는 것 또한 우리와는 전혀 다르다는 점이었다. 그들은 아무 것도 기원하지 않았고 마음이 평온했다. 그들은 우리와는 달리 삶의 의미를 알기 위해 애쓰지 않았는데, 그 이유는 그들의 삶이 충족된 상태에 있었기 때문이었다. 하지만 그들의 지식은 우리의 학문보다 깊고 높았다. 우리의 학문은 삶이 무엇인지를 설명할 방법을 탐구하며, 다른 이들을 가르치기 위해 삶을 파악하려 애쓴다. 하지만 그들은 학문 없이도 어떻게 살아야 할지에 대해 알고 있었다. 나는 이 점을 이해하게 되었지만 그들의 지식 자체를 이해할 수는 없었다.

그들은 내게 자신들의 나무를 가리켜 보이곤 했는데, 그때마다 나는 그들이 나무를 바라보면서 느끼는 사랑의 정도를 이해할 수 없었다. 그들은 마치 자신과 닮은 존재와 이야기를 나누는 듯했다. 사실 그들이 나무와 대화를 나누었다고 내가 말한다 해도 그게 아마 착각은 아니리라! 그렇다, 그들은 나무의 언어를 발견했으며 나무도 그들의 말을 이해한다고 확신했다. 그들은 그런 식으로 자연 전체를 바라보고 있었다. 그들은 동물들에게도, 그들과 평화롭게 살고 그들을 공격하지 않으며 그들의 사랑에 압도되어 다시 그들을 사랑하는 동물들에게도 역시 그런 시선을 보냈다. 그들은 내게 별들을 가리켜 보이며 그것들에 대해 무슨 말인가를 했으나 나는 그것이 무슨 뜻인지 이해하지 못했다. 하지만 나는 그들이 모종의 방식으로, 단순한 생각의 차원과는 다른 어떤 생생한 방식으로 하늘의 별들과 소통하고 있었다는 것만은 확신한다.

아아, 그들은 나로 하여금 그들을 이해하게 만들려고 애쓰지 않았다. 그들은 그런 것 없이도 나를 사랑해 주었다. 나 역시 그들이 나를 절대로 이해하지 못할 것이라는 사실을 알고 있었기에 우리의 지구에 대해서는 거의 이야기하지 않았다. 나는 그들의 면전에서 그들이 사는 땅에 키스를 하곤 했을 뿐이며, 그럼으로써 그들 자신에 대한 나의 흠모의 감정 또한 말없이 표현했다. 그들은 이런 장면을 보면서도 내가 그들을 흠모하도록 그냥 내버려 두었다. 나의 흠모의 감정에 대해 그들이 부끄러워하지 않은 이유는 그들이 자기 자신을 대단히 사랑했기 때문이었다. 간혹 있었던 일인데, 내게 열렬한 사랑으로 응하리라고 마음속으로 기쁘게 짐작하며 그들의 발에 눈물 젖은 키스를 할 때도 그들은 내 행동을 보고 마음 아파하지 않았다. 나는 가끔 놀라운 심정으로 내 자신에게 물었다.

'어떻게 이 사람들은 나와 같은 인간을 한 번도 모욕하지 않을 수 있을까? 어떻게 이 사람들은 나와 같은 인간의 마음속에 이들에 대한 질투와 시샘의 감정

을 한 번도 일어나지 않게 할 수 있을까?'

나는 여러 번 다음과 같이 자문해 보기도 했다.

'어떻게 나 같은 허풍쟁이이자 거짓말쟁이가 이들이 알 리 없는 나의 지식에 대해 한 번도 이들에게 떠벌리지 않았을까? 어떻게 그 지식으로 이들을 놀라게 하려는 마음이 들지 않았을까? 이들을 사랑하기에 이들에게 도움을 주려 한다는 미명하에라도 그렇게 할 수 있었는데 말이다.'

그들은 아이들처럼 발랄하고 명랑했다. 그들은 아름다운 숲을 거닐며 아름다운 노래를 불렀다. 그들은 나무의 열매, 숲에서 나온 꿀, 그들이 사랑하는 동물의 젖과 같은 간소한 음식들을 먹었다. 음식과 의복을 위해 그들은 정말 약간씩, 간단하게만 일을 했다. 그들에게도 사랑이 있었으며 아이들이 태어났지만, 나는 우리 지구에 존재하는 온갖 부류의 거의 모든 이들을 사로잡는, 그래서 인류가 범하는 거의 모든 죄악의 원천이 되는 잔인한 욕정의 분출을 그들에게서 단 한 번도 보지 못했다. 그들은 태어난 아이를 그들의 행복에 새롭게 참여한 자로 여기며 기뻐했다. 그들 사이에는 말다툼도, 질투도 없었으며 그들은 이런 말들이 무엇을 의미하는지도 몰랐다. 모두가 한 가족을 이루고 있었으므로 아이들은 모두의 자식이었다. 그들에게 질병이라는 것은 거의 존재하지 않았지만, 죽음은 분명히 있었다. 하지만 노인들은 작별을 나누는 사람들에 둘러싸여 그들을 축복하고 웃음을 보내며, 또한 그들의 밝은 미소로 배웅을 받으며 마치 잠들 듯 고요하게 숨을 거두었다. 거기에서 슬픔과 눈물은 찾아볼 수 없었으며 황홀할 정도로 커진 사랑만이 있었는데, 그 황홀함 역시 고요하고 충만하며 관조적인 느낌을 주는 것이었다. 그들과 망자(亡者)들의 접촉은 죽음 후에도 이어지며 지상에서의 일체감이 죽음에 의해서 중단되는 것은 아니라는 생각이 들기도 했다. 내가 영원한 삶이라는 것에 대해 물어보았을 때 그들은 내 말을 거의 이해하지 못했다. 내가 보기에 그들은 영원한 삶을 극히 무의식적으로 확신하기에 그것이 질문거리가 될 수 없는 듯했다.

그들에게는 신전(神殿)이 없었지만 우주의 절대자와의 절실하고도 생동감 있으며 중단되지 않는 일체감과 같은 것이 있었다. 그들에게는 신앙이 없었지만, 그 대신 지상에서의 기쁨이 자연의 한계에까지 충만해지면 산 자와 죽은 자를 포함한 그들 모두에게 우주 절대자와의 접촉이 더욱 확대되는 시기가 도래할 것이라는 굳은 믿음이 있었다. 그들은 기쁜 마음으로 그 순간을 기다렸지만 서두르거나 애를 태우지는 않았다. 그들은 마음속에 이미 그 순간에 대한 예감을 가지고 있는 듯 했으며 서로 간에 그 예감을 전해 주었다.

그들은 매일 밤 잠 자리에 들기 전 조화를 이루어 매끄러운 합창을 하는 것을 즐겼다. 그 합창 노래들을 통해 그들은 지난 하루가 그들에게 가져다 준 모든 감정들을 표현했으며, 그 하루를 찬양하고 그것에 작별을 고했다. 그들은 자연, 땅, 바다, 숲을 찬양했다. 그들은 서로 상대에 대한 노래를 짓는 것을 좋아해서 그것으로 아이들처럼 서로 칭찬했다. 그것은 극히 단순한 노래였지만 마음으로부터 흘러나와 마음에 스며들어 갔다. 하긴 그들은 단지 노래뿐만이 아니라 자신의 생애 전체를 통해 서로에 대해 찬탄하며 살아가는 것 같기도 했다. 그것은 절대로 분열될 수 없는, 모든 것을 포용하는 상태에서의 서로에 대한 사랑과 같은 것이었다. 장엄하고 환희에 넘치는 어떤 노래들은 이해하기가 극히 힘들었다. 가사 자체는 알아들었지만 그 가사 전체의 의미를 파악하는 것은 전혀 불가능했다. 그것은 나의 두뇌가 미치지 못하는 영역에 남았으나, 반면에 나의 가슴은 그것을 점점 더 많이 무의식적으로 흡수해 갔다.

나는 종종 그들에게 이 모든 것들을 이미 오래전에 예감했노라고, 이 모든 기쁨과 영광은 내가 아직 우리의 지구에 있을 때부터 애수(哀愁)를 불러일으키는 목소리로 내게 전해져 왔으며 그것이 때로는 참을 수 없는 슬픔이 되곤 했노라고 말했다. 그들 모두와 그들의 영광까지도 나는 이미 영혼의 꿈과 두뇌의 염원 속에서 예감해 왔노라고, 지구에서 나는 저물어가는 해를 눈물 없이는 바라볼 수 없을 때가 종종 있었노라고, 지구의 사람들에 대한 나의 증오 속에는 항상 애수(哀愁)가 있었노라고 말했다. 우리 지구의 사람들을 사랑하지 않았지만 그렇다고 미워하지도 못했던 것은 무엇 때문일까, 그들을 용서할 수밖에 없었지만 그들을 향한 사랑 속에서 우울함을 느꼈던 것은 무엇 때문일까, 그들을 증오하지 않았지만 사랑할 수도 없었던 것은 무엇 때문일까, 바로 이런 것들이 나의 애수의 원인이었노라고 말했다.

꿈속의 지구 사람들은 내 이야기를 들었지만 내가 무슨 말을 하는 것인지 개념을 잡을 수 없는 것처럼 보였다. 하지만 나는 그들에게 그런 이야기를 한 것을 후회하지는 않았다. 떠나 온 지구 사람들에 대한 나의 애수가 강렬하다는 점을 그들이 이해한 것이 느껴졌기 때문이었다. 그들이 나를 다정스럽고도 사랑이 가득한 시선으로 바라볼 때, 그들 앞에서는 나의 마음 역시 그들의 마음처럼 순결하고 정직해질 때, 그럴 때면 내가 그들을 잘 이해하지 못하는 것으로 인한 아쉬움은 느껴지지 않았다. 나는 생명이 충만해지는 느낌으로 숨이 막혀서 그들을 위해 말없이 기도했다.

오, 지금 사람들은 나를 면전에서 비웃으며, 꿈속이라고 해서 내가 지금 전달하고 있는 것과 같은 세부적인 것들까지 볼 수 있는 것은 아니라고, 꿈속에서 내가 보거나 체험한 것은 나의 정신이 몽롱한 상태에서 파생된 하나의 느낌에 불과하며 세부 사항들은 꿈에서 깬 후 내가 직접 지어낸 것이라고 확신시키려 든다. 꿈속에서 실제로 그랬을 수 있지 않겠냐고 내 생각을 밝히니, 오, 하나님, 그들이 얼마나 나를 비웃던지, 그리고 내 말을 얼마나 우스워하던지!

아아, 물론 나는 이 꿈이 준 느낌에만 압도되었기에, 피 흘릴 정도로 상처받은 내 가슴에 온전한 형태로 고스란히 남은 것이 오직 그 느낌뿐이라는 것은 맞다. 하지만 그 대신 말해야 할 것은, 내가 꿈을 꾸는 동안 실제로 본 사실적인 이미지와 형상들은 아주 조화롭게 채워졌고 한편으로는 매력적이고 아름다우며 진실했으므로 꿈에서 깬 뒤 나는 그것들을 우리 인간의 빈약한 언어로는 나타낼 수 없었다는 점이다. 따라서 그것들은 나의 머리에서 흐릿해져 갔을 터이다. 그렇게 본다면, 아마도 내 자신이 실제로 세부 사항들을 나중에 무의식적으로 지어내야 했는지도 모른다. 그중에 단 얼마만이라도 한시바삐 전달하고 싶은 강렬한 희망으로 인해 다소 왜곡하면서 말이다. 하지만 이 모든 것이 실제 있었다는 것을 내가 어찌 안 믿을 수 있겠는가? 어쩌면 내가 지금 얘기하고 있는 것보다 1천배 더 훌륭하고 밝고 기쁜 상황이 아니었을까? 이것이 꿈이라 하더라도 그 모든 것이 실재하지 않았다는 것은 있을 수 없는 일이다.

자, 여러분에게 비밀 한 개를 알려 주겠다. 이 모든 것은 어쩌면 절대로 꿈이 아닐 지도 모른다! 왜냐하면 앞서의 상황에서 무서울 정도로 생생한 어떤 일이 일어났는데, 그런 건 꿈에선 절대 보일 수 없기 때문이다. 나의 마음이 꿈을 만들어 냈다 쳐 보자. 하지만 정말 나의 마음이 단독으로 그 다음에 발생한 그 무서운 진실을 만들어 낼 힘이 있었을까? 어떻게 나 혼자서 그것을 꾸며내거나 꿈을 꾸어 볼 수 있단 말인가? 나의 빈약한 마음과 변덕스럽고 쓸모없는 머리가 이와 같은 진실을 발견할 만큼 뛰어나게 변할 수 있다는 것이 말이 되는가? 오, 이제 스스로 판단해 보시라. 지금까지는 숨겨 왔지만 이제 그 진실을 마저 얘기해 주겠다. 문제는 내가… 그들 모두를 타락시켰다는 것이다!

V

그래, 그렇다, 결국은 내가 그들 모두를 타락시켜 버리고 말았다! 어떻게 이런 일이 발생할 수 있었는지는 모르겠으나 어쨌든 분명히 기억이 난다. 꿈속에서 그 일이 몇 천 년에 걸쳐 일어났기에 나에겐 단지 전체적인 느낌만이 남아 있다. 내가 아는 건 죄악의 원인이 나에게 있었다는 것뿐이다. 돼지에 기생하는 추악한 선모충(旋毛蟲)처럼, 온갖 나라들에 퍼지는 페스트 병균처럼 나는 내가 오기 전까지는 죄를 짓지 않았던 행복한 나라를 나 자신으로 감염시켰던 것이다.

그들은 거짓을 배우고 그것을 좋아하게 되었으며 거짓의 아름다움을 알게 되었다. 아아, 그것은 아마도 별 악의 없이, 농담에서, 아양 떠는 것에서, 요염 떠는 사랑놀이에서 시작되었을 것이다. 사실 이것들은 극히 작은 원자(原子)에 지나지 않을 지도 모른다. 하지만 이러한 거짓의 원자가 마음에 침입해 들어오자 그들은 그것에 마음을 빼앗겼다. 그 다음은 빠른 속도로 음욕이 생겨났고 음욕은 질투를 낳았으며 질투는 잔

인성을 낳았다…. 아아, 잘 모르겠고 기억도 잘 나지 않으나, 정말 얼마 지나지도 않아서 최초의 핏방울이 뿌려졌다. 그들은 놀라고 경악해서 흩어지고 분열되기 시작했다. 연맹들이 생겨났으나 그 연맹들은 이미 서로 대립했다. 질책과 비난이 시작되었다. 그들은 수치심이라는 것을 알게 되었으며 그것을 미덕으로 떠받들었다. 명예에 대한 관념이 생겨났으며 그로 인해 모든 연맹에는 자신들의 깃발이 게양되었다. 그들은 동물들을 학대하기 시작했으며, 그러자 동물들은 그들로부터 멀어져 숲으로 간 후 그들의 적이 되었다. 분리, 독립, 개별성을 위한 투쟁, 내 것과 네 것을 구별하려는 투쟁이 벌어졌다. 그들은 서로 다른 다양한 말을 사용하기 시작했다. 그들은 슬픔을 알게 되었고 그것을 사랑하게 되었으며, 고통을 갈구하면서 진리는 고통에 의해서만 달성된다고 말하게 되었다.

이때가 되자 그들에게 학문이라는 것이 나타났다. 사악해지고 난 후 그들은 형제애와 인도주의라는 것을 말하기 시작했고 그 개념을 이해했다. 죄를 저지르게 되자 그들은 정의라는 것을 발명하였으며, 그것을 보존하기 위해 법률을 규정하게 되었고 법률의 보장을 위해 단두대를 설치했다. 그들은 자신들이 잃어버린 것에 대해서는 극히 조금밖에 기억하지 못했으며 과거 언젠가 자신들이 순수하고 행복했다는 사실조차 믿으려하지 않았다. 그들은 행복이 과거에 존재했을 것이라는 가능성조차 비웃으며 그것을 몽상이라고 불렀다. 그들은 과거의 행복이 어떤 형태와 모양을 가졌을지 상상하는 것조차도 하지 못했다.

하지만 이상하면서도 기가 막힌 일이 일어났다. 그들 자신이 과거의 행복에 대한 믿음을 상실하여 그것을 옛날이야기라 불렀으면서도, 순수하고 행복한 상태가 되고 싶은 마음이 다시 생겨나자 결국에는 그러한 욕망 앞에 아이들처럼 무릎을 꿇었다는 사실이다. 그들은 그 욕망을 신격화해서 많은 신전들을 세우고 다름 아닌 자신의 관념에, 자신의 '욕망'에 기도를 올리기 시작했다. 그들은 그 욕망이 실현 불가능함을 확실히 알면서도 눈물을 흘리며 그것을 숭상하고 그것에 경배를 했다. 하지만 만약 그들이 상실한 순수하고 행복한 상태로 되돌아갈 수 있게 된다면, 만약 누군가 그들에게 그러한 상태를 보여 준 후 그들이 혹시 그 상태로 되돌아가고 싶은지 물어본다면, 그들은 아마 거절했을 것이다.

그들은 내게 대답했다.

"우리가 거짓을 행하며 사악하고 정의롭지 못하다 해도 상관없소. 우리도 그 점을 알고 있으며, 그것 때문에 눈물 흘리고 그것 때문에 자신을 괴롭히고 학대합니다. 그리고 훗날 우리를 심판할, 이름도 모르는 그 자비로운 심판관보다도 아마 더 심하게 자기 자신을 벌주고 있을 겁니다. 하지만 우리에겐 학문이 있으니 그것을 통해 다시 진리를 찾아낼 것이고, 이제는 그 진리를 의식적으로 받아들일 겁니다. 지식은 감정보다 위에 있으며, 삶에 대한 인식은 삶 자체보다 위에 있어요. 학문은 지혜를 줄 것이고 지혜는 법칙을 제시해줄 것이며, 행복의 법칙에 대한 지식은 행복 자체보다 위에 있습니다."

그들은 이렇게 말하곤 했는데, 이렇게 말한 뒤에 그들 모두는 자기 자신을 다른 누구보다도 더 사랑하게 되었다. 사실 다른 식으로 행동할 수는 없었을 것이다. 매일매일 모두가 자신의 개성은 보호하려 열을 올리면서도 다른 사람들의 개성은 격하하고 축소시키려 온 힘을 다해 애를 썼다. 그리고 그것에 인생의 의미를 두었다. 노예제가 생겨났으며 심지어 자진해서 노예가 되는 사람도 생겨났다. 약한 자들은 기꺼이 강한 자들에게 복종했는데, 그것은 자신보다 더 약한 자들을 억누르고자 할 때 강한 자들의 도움을 받기 위해서였다. 경건한 사람들도 생겨났는데, 이들은 눈물을 흘리며 사람들에게 다가와서는 인간으로서의 자긍심에 대해 역설했고, 사람들이 중용과 조화와 수치심을 상실하고 있다고 말해 주었다. 그러자 사람들은 이들을 비웃고 돌을 던져댔다. 성스러운 피가 신전의 문턱에 흘렀다.

한편으로는 다른 생각을 가진 사람들도 생겨났는데, 그들은 다른 사람보다 자신을 더 사랑하면서도 동시에 다른 어떤 이들도 방해하지 않는 그런 식의 일종의 조화로운 사회 속에 함께 살 수 있게끔 모두가 다시 결합할 수는 없을까라는 생각을 해 내었다. 이 이념으로 인해 수많은 전쟁들이 일어났다. 그런데 이러한 전쟁을 하는 사람들은 학문과 지혜와 자기 보존 본능이 마침내 인간을 조화롭고도 이성적인 사회로 뭉치게 만들 것이라는 굳건한 믿음도 동시에 가지고 있었다. 따라서 그 일을 속히 추진하기 위해 지혜로운 사람들이 모든 지혜롭지 못한 자들, 그리고 그들의 이념을 이해하지 못하고 그 이념의 승리에 방해가 될 뿐인 자들을 속히 제거하기 위해 우선 전쟁이라는 방법을 통해 애쓰고 있다고 굳게 믿었던 것이다. 그런데 자기 보존 본능이 급속히 약화되면서부터는 오만한 자들과 음탕한 자들이 나타나 전부 아니면 무(無)를 대놓고 요구하기 시작했다. 그들은 모든 것을 획득하기 위해 악행에 의존하게 되었으며, 그것이 성공하지 못할 경우에는 자살에 의존했다. 부질없는 삶 속에서 영원한 평안을 구하기 위해 허무와 자기 파괴를 숭배하는 종교도 나타났다.

마침내 사람들은 이 모든 무의미한 노력들에 지쳐서 얼굴에 고통이 나타나기 시작했다. 그러자 그들은 오직 고통 속에만 삶의 의미가 담겨 있으므로 고통이야말로 아름다움이라고 선언하기에 이르렀다. 그들은 노래를 통해 고통을 찬미했다. 나는 두 손을 쥐어짜듯 비틀며 그들 사이를 돌아다녔고 그들로 인해 눈물을 흘렸다.

하지만 그들을 향한 나의 사랑은 그들에게 고통의 기색이 없이 순수하고 아름다웠던 과거 시절보다 오히려 더 커졌던 것 같다. 그들에 의해 더럽혀진 지구를 그것이 천국이었을 때보다 내가 더 사랑하게 된 것은 그 위에 슬픔이 탄생했다는 단 한 가지 이유 때문이었다. 아아, 나는 항상 슬픔과 비통함을 사랑했지만 그건 내 자신. 내 자신만을 위해서였다. 그런데 그때는 그들을 애처롭게 여기며 그들 때문에 울었다. 나는 절망 속에서 내 자신을 책망하고 저주하고 경멸하면서 그들에게 손을 뻗었다. 그러면서 그들에게 이 모든 것은 내가, 나 혼자 한 짓이라고, 내가 그들에게 음탕과 전염병균과 거짓을 가져왔다고 말했다! 나는 십자가에 못 박아 죽여 달라고 애원하면서 그들에게 십자가 만드는 법을 가르쳐 주었다. 나는 자살을 할 수 없었고 그럴 만한 힘도 없었지만, 그 대신 그들의 손에서 고통을 받고 싶었다. 나는 고통을 갈구했고 그 고통 속에서 나의 피가 마지막 한 방울까지 흐르길 원했다.

하지만 그들은 나를 비웃더니 나중에는 나를 '바보 성자(聖者)'[2] 취급하는 것이었다. 그들은 내가 했던 행동을 정당화해 주었으며, 자신들은 스스로 원하던 것을 나에게서 받았을 뿐이고 현재의 상황은 모두가 당연히 이렇게 되어야만 했던 것이라고 말했다. 마침내 그들은 내가 그들에게 위험한 존재가 되어가고 있으며 만일 입을 다물지 않으면 정신 병원에 넣어 버리겠다고 선언했다. 그러자 비통함이 엄청난 힘으로 내 마음에 밀려들어 가슴이 조여들고 죽을 것 같은 느낌이 들었다. 그리고 이 장면에서… 아, 바로 이 장면에서 나는 잠이 깨고 만 것이다.

벌써 아침이었다. 뭐 아직 동이 트지는 않았지만 어

2) 러시아 정교의 전통 중 독특한 현상의 하나로서, 일부러 남루한 옷을 걸치고 방랑하며 세속의 가치를 전면 부정한 금욕과 고통의 생활을 영위함으로써 더 깊은 깨달음에 이를 수 있다고 믿었던 일단의 고행 수도인들을 의미한다. 그들의 내적 지혜가 외적 측면의 어리석음 혹은 광기와 대조를 이루면서 '바보 성자(юродивый)'라는 단어가 탄생하게 되었다.

깼든 다섯 시가 좀 지난 시간이었다. 나는 앞에서 얘기한 바 있는 그 안락의자에서 잠이 깼는데 촛불은 다 탔고 대위의 방 사람들은 자고 있었으며 주변은 조용했다. 이런 조용함은 이 집에서는 드문 일이었다. 무엇보다도 나는 소스라치게 놀라 벌떡 일어났다. 사소한 것 하나에 이르기까지 이와 비슷한 일은 한 번도 일어난 적이 없다. 예를 들어 이렇게 안락의자에 앉아 잠이 들어 본 적은 한 번도 없다. 그런데 자리에서서 정신을 차리고 있는 동안에, 장전되어 준비된 권총이 갑자기 내 눈에 들어왔다. 하지만 난 그것을 얼른 옆으로 치워 버렸다! 오, 이제는 삶, 사는 것만이 남아 있다. 나는 손을 들어 올려 '영원한 진리'에 호소했다. 호소했다기보다는 울음을 터뜨렸다. 황홀감이, 측정할 수도 없는 엄청난 황홀감이 내 온몸을 붕 띄웠다. 그래, 사는 거야, 그리고 전도를 하는 거야! 나는 그 즉시로 전도하기로 마음먹었다, 물론 일생 동안 말이다. 나는 전도하러 간다. 전도를 하고 싶다. 무얼 전도하느냐고? 그야 진리이지. 난 그걸 보았으니까, 내 두 눈으로 그 모든 영광을 보았으니까!

그래서 그때부터 나는 전도를 해 오고 있다. 게다가 나를 비웃는 사람들을 다른 누구보다도 더 사랑하고 있다. 왜 이렇게 되었는지는 모르겠고 설명도 할 수 없지만 계속 이렇게 두어도 된다. 사람들은 내가 이 나이에 벌써 정신이 반쯤 나가 횡설수설한다고 말들을 한다. 저렇게 횡설수설하면 앞으로는 어떻게 될지 모른다고도 말한다. 정말 맞는 말이다! 나는 횡설수설하는 일이 잦고 앞으로는 그런 일이 더 많아질지도 모른다. 전도는 매우 어려운 임무이므로, 그것을 어떻게 해야 하는지, 즉 어떤 말로, 어떤 행동으로 전도해야 하는지를 찾아낼 때까지는 몇 번이고 계속 횡설수설할 것임에 틀림없다. 사실 이 모든 앞으로의 상황이 지금도 대낮처럼 환히 보인다. 하지만 들어보시오. 항상 정신이 말짱한 상태에서 정확하게만 말할 수 있는 사람이 정말 존재한다는 말이오? 더구나 말을 얼마나 잘 하느냐를 떠나, 우리 모두는 같은 것을 향해 나아간다. 현자(賢者)로부터 마지막 강도에 이르기까지 취하는 길만 다를 뿐 모두가 같은 목표를 향해 나아가려 분투한다는 말이다. 이것은 오래 전부터 전해 내려

온 진리이다.

하지만 어쨌든 이제 내가 전달해야 할 새로운 진리가 나타났으니 나 역시 계속해서 횡설수설만 하고 있을 수는 없다. 나는 진리를 보았고 또한 사람들은 이 지구에 살 수 있는 능력을 상실하지 않고도 충분히 아름답고 행복해질 수 있다는 것을 알고 있기 때문이다. 나는 악이 인간의 정상적인 상태가 되는 것을 원하지 않으며, 또한 그렇게 될 것이라고 믿지도 않는다. 그런데 사람들은 유독 나의 이 생각에 대해서는 깔깔거리며 비웃는다. 하지만 내가 어떻게 믿지 않을 수 있겠는가? 내가 진리를 보았다는 사실을, 머리로 개발해 낸 것이 아니라 실제로 보았다는 사실을 말이다. 진리의 생생한 모습은 나의 영혼을 영원히 가득 채울 것이다.

나는 진리를 모든 것이 충족된 완전한 형태로 보았기에 그것이 인간에게 존재할 수 없다는 말은 믿을 수 없다. 그러니 내가 어떻게 횡설수설할 수 있을 것인가? 물론 내 말이 옆길로 빠지는 일은 몇 차례 있을 수 있다. 그리고 어떤 뜻 모를 단어들을 지껄이는 경우까지도 생길 수 있다. 하지만 그런 일은 오래 가지 않을 것이다. 내가 본 생생한 모습은 항상 나와 함께 남아서 나를 교정해 주고 올바른 방향으로 이끌어 줄 것이기 때문이다. 오, 나는 원기왕성하고 생생한 상태이니 가고 또 간다. 설사 천년 동안이라도 갈 것이다. 사실, 그들 모두를 타락시켰다는 사실을 처음에는 감출까 했지만 그건 나의 잘못이었다. 그것이 이미 첫 번째 잘못이었다. 그러나 진리가 나에게 "넌 거짓말을 하고 있어"라고 속삭여서 나를 보호하고 올바른 길로 가도록 방향을 잡아 주었다.

하지만 천국을 어떻게 건설할지, 그건 잘 모르겠다. 난 그걸 말로 전달할 능력이 없기 때문이다. 꿈에서 깬 후 난 단어 구사력을 상실했다. 최소한도로 보더라도, 필수불가결하게 중요한 단어들은 모두 잃어버렸다. 하지만 그렇다 해도 문제는 없다. 나는 길을 떠난 후 지칠 줄 모르고 계속 말할 것이다. 내가 본 것을 풀어서 전달할 능력은 없다 할지라도 어쨌든 난 내 눈으로 직접 보았기 때문이다. 그런데 비웃기 좋아하는 사람들은 이것을 이해하지 못한다. 그들은 "꿈을

꾼 거야, 환각이라니까"라고 말한다. 아이고, 이게 정말 현명한 언급일까? 그런데도 그들은 참으로 자신만만하게 말을 한다.

꿈이라고? 꿈이 대체 뭔데? 그렇다면 우리 인생은 꿈이 아니란 말인가? 할 말이 더 있다. 내 말이 절대 실현되지 않고 천국은 없다고 쳐도(이런 말은 이미 받아 넘길 수 있다!) 난 어쨌든 계속 전도를 할 것이다. 한편에서 보면 이건 아주 간단한 일이기도 하다. 단 하루, 단 한 시간에 모든 것이 바로 이루어질 수도 있기 때문이다! 중요한 것은 '네 이웃을 네 몸 같이 사랑하라'[3]는 교훈이다. 바로 이것이 중요하며, 이것이 전부나 마찬가지이다. 더 이상은 아무 것도 필요치 않다. 이것만 명심한다면 모든 일이 어떻게 이루어지는지 당장 알게 될 것이다. 이것은 수십 억 번 반복해 말해지고 읽혀져 온 오래된 진리인데도 어째서 우리의 삶에 뿌리내리지 못했다는 말인가! '삶에 대한 인식이 삶 자체보다 위에 있고, 행복의 법칙에 대한 지

---

3) 신약 성경 마가복음 12장 31절.

식이 행복 자체보다 위에 있다'는 생각, 이것이야말로 우리가 싸워 물리쳐야 할 생각이다! 난 그렇게 할 것이다. 모두가 원하기만 한다면 모든 일이 금방 이루어질 수도 있다.

그리고 난 그 어린 여자 아이를 찾아냈다…. 이제 난 갈 것이다! 출발할 것이다!

뿌쉬낀에 대하여

1880년 6월 8일,

러시아 문학 애호가 협회의 모임에서 행한 연설

'뿌쉬낀[1]은 대단히 특이한 현상이며, 아마도 러시아 영혼의 유일한 현상일 것이다.'- 이것은 고골리의 말입니다. 여기에 내 스스로도 덧붙

1) 알렉산드르 세르게예비치 뿌쉬낀(А. С. Пушкин, 1799~1837). 러시아 근대 문학의 창시자로 일컬어지며, 낭만주의 시대는 물론이고 러시아 문학사 전체에서도 가장 뛰어난 시인으로 꼽힌다. 고전주의로부터 시작해 러시아 낭만주의의 전성기를 이끌었으며 차후에 올 사실주의의 초석을 놓기도 하는 등 그의 창작 영역은 하나로 정의할 수 없을 정도로 광대하다. 장르 역시 시, 소설, 희곡 등 전 영역에 걸쳐 많은 다양하고도 우수한 작품들을 창작했다. 또한 당대와 그 이전 시대 유럽 문학에도 정통해서, 그 모티브들을 성공적으로 러시아화시킨 다양한 작품들을 선보이기도 했다. 「루슬란과 류드밀라」, 「청동 기마상」, 「벨낀 이야기」, 「대위의 딸」을 비롯한 수많은 작품들을 썼으며, 이 연설문에서 도스토예프스키가 주로 언급하는 작품은 서사시 「집시들」과 그의 대표작 중 하나인 운문소설 「예브게니 오네긴」이다.

일 말이 있습니다: 뿌쉬낀은 예언자적 현상입니다. 그렇습니다, 그의 출현에는 우리 러시아인들 모두를 위해 무언가 이론의 여지없이 예언적이라 할 현상이 존재합니다. 뿌쉬낀은 뾰뜨르 대제의 개혁 후 100년이 흐른 다음에야 우리 사회 내부에서 배태되고 시작되어진 올바른 자의식 형성의 가장 초기 단계에 맞춰 나타났습니다. 그의 출현은 우리의 어두운 길을 새로운 방향을 가리키는 횃불처럼 비추었습니다. 이런 의미에서 뿌쉬낀은 예언이며 교시(教示)입니다.

나는 우리의 위대한 시인의 활동을 세 시기로 나눕니다. 나는 지금 문학 비평가로서 말하는 것이 아닙니다. 뿌쉬낀의 창작 활동을 언급하면서 나는 우리에게 그가 예언자적 의미를 가졌다는 점에 대한 나의 생각을 밝히고, 내가 예언자적이란 단어를 어떤 의미로 파악하는지를 말하고 싶을 뿐입니다. 한 가지 덧붙이고 싶은 것은, 내가 보기에는 뿌쉬낀의 활동 시기들 간에는 명확한 경계 구분이 불가능하다는 점입니다. 예를 들어 「예브게니 오네긴(Евгений Онегин)」의 집필 시작은 아직 시인의 활동 제1기에 속하지만, 집필이 끝

나는 것은 그가 이미 고향에서 자신의 이상(理想)을 발견한 후 다정하고 명민한 영혼으로 그것을 완전히 감지해 애착을 갖게 된 제2기의 일이었습니다. 창작 활동 제1기의 뿌쉬낀은 유럽의 시인들을 모방했다는 점 역시 인정할 수 있습니다: 빠르니, 앙드레 셰니에, 그리고 여타의 인물들 특히 바이런이 그 대상이었습니다. 의심할 바 없이 유럽의 시인들은 그의 천재성의 발전에 커다란 영향을 미쳤으며 그 영향은 그의 일생 동안 계속되었습니다.

그럼에도 불구하고 뿌쉬낀의 최초의 서사시들조차도 단지 모방만은 아니었으니, 그것은 그 서사시들 속에 이미 비견할 수 없이 뛰어난 그의 독자적 천재성이 표현되어 있기 때문입니다. 예를 들어 내가 그의 창작 활동 제1기의 서사시로 분명히 분류하는 「집시들(Цыганы)」에는 독특한 고통의 모습과 깊은 자의식이 표현되어 있는데 그런 것들은 모방에서는 찾아 볼 수 없는 것들입니다. 나는 그가 단순히 모방만 했다면 그토록 많이 나타나지 않았을 창작력과 열정에 대해 벌써부터 말하는 것은 아닙니다. 「집시들」의 주인공

알레꼬의 모습에는 이미 강력하고도 깊은, 완벽히 러시아적인 생각들이 표현되고 있는데, 그것은 후에 「예브게니 오네긴」 속에도 대단히 조화롭게 표현되어서 마치 똑같은 알레꼬가 이미 환상적인 색채가 아니라 손끝으로 느낄 수 있는 현실적이며 이해 가능한 모습으로 나타나는 듯합니다. 알레꼬 속에서 이미 뿌쉬낀은, 고향에서 본 그 불행한 방랑자의 모습과, 민중으로부터 분리된 우리 사회에서 역사적으로 반드시 나타나야만 했던 러시아 수난자의 모습을 찾아내고 주목했던 것입니다.

그가 그러한 모습들을 발견한 것은 물론 바이런에게서 뿐만은 아니었습니다. 이러한 유형의 인물은 충실하면서도 집념이 강하고 우리 러시아 땅에 오래 동안 정착할 항구적인 유형입니다. 이 러시아의 집 없는 방랑자들은 현재까지도 자신의 방랑을 계속해 오고 있으며 아마 앞으로도 오랫동안 사라지지 않을 것입니다. 만약, 현재 자신의 세계 이상과 우리 러시아 인텔리 사회의 부조리하며 졸렬한 삶으로부터 벗어난 자연의 품속의 위안을 집시들 고유의 거친 삶 속에서 찾으려는 생각으로 그 무리 속을 배회하는 짓을 더 이상 하지 않고 있다 하더라도, 그들은 알레꼬 시대에는 없었던 사회주의에 오히려 심취한 채 다른 밭 위를 새로운 믿음을 가지고 걸어 다니고 있습니다. 그들은 밭을 갈면서 질투심으로 가득 차 알레꼬와 마찬가지로 단지 자기 자신만이 아니라 전 세계를 위한 목적과 행복이 자신의 환상적 작위성 속에서 달성되었음을 믿습니다. 왜냐하면 러시아의 방랑자가 안정을 취하기 위해서는 다름 아닌 전 세계적인 행복이 꼭 필요하기 때문이지요. 그는 더 싼값으로는 만족하려 들지 않을 것입니다, — 물론 이 문제는 아직 이론적인 차원의 것일 뿐입니다. 이 러시아의 방랑자는 여느 러시아인과도 똑같으며 단지 다른 시대에 태어났을 뿐입니다.

반복하지만, 이 사람은 위대한 대 개혁으로부터 100여 년이 흐른 후, 민중으로부터 유리된 우리의 인텔리 사회에서 생겨났습니다. 아, 엄청나게 많은 러시아의 인텔리들이 뿌쉬낀 시대에도 그리고 현재도 관리로서 국고에서, 철도에서, 은행에서 평화롭게 일을 하거나 아니면 그냥 다양한 수단으로 돈을 벌거나 혹은 학문에 종사하여 강의를 하기까지 합니다. 이 모든 일들은, 집시 무리들 쪽으로 혹은 우리 시대에 더 걸 맞는 어떤 장소들 쪽으로 도망치려는 욕망도 전혀 없이, 봉급을 받고 카드놀이를 해 가며 규칙적으로 느릿하고 평화스럽게 발생하고 있습니다. 많은 것들이 유럽 사회주의의 색채 속에 반(半)자유주의화 되어 있는 것처럼 보이지만 그것들에는 온화한 러시아적 성격이 부여되어 있습니다. 하지만 사실 이 모든 것들은 단지 시대상의 문제일 뿐입니다. 이것은 마치, 어떤 사람은 아직 걱정할 준비도 되어 있지 않은데 다른 이는 이미 닫힌 문에 도달해 거기에 이마를 세게 부딪칠 여유까지 있는 상황과 마찬가지입니다.

민중과의 온건한 대화라는 구원의 길로 나오지 않는다면 각 시대에 모든 이들을 기다리는 것은 이와 같은 운명입니다. 아니, 모든 이들에게 이런 운명이 기다리게 할 필요도 없습니다: 선택된 사람들, 즉 여타의 엄청난 대다수들에게도 그들을 통해 평온함을 보지 못하도록 하기 위해 걱정을 시작한 이들 중의

10분지 1만 있으면 충분합니다. 알레꼬는 물론 아직까지는 자신의 우울함을 똑바로 표현할 줄을 모릅니다: 그는 왠지 아직 이 모든 것에 집중할 수가 없습니다.

그에게는 천성적인 우울증, 통속적 사회에 대한 불만, 전 세계적인 열망, 그리고 어디선가 누군가에 의해 상실된, 그가 전혀 찾아낼 수 없는, 진리에 대한 슬픈 울음만이 있을 뿐입니다. 여기엔 약간 장자크 루소의 특징이 있습니다. 이 진리의 본질이 무엇이며 그것이 어디서 어떻게 나타나고 대체 언제 상실되어졌는지에 대해 그는 물론 말할 수 없지만 그래도 그는 진심으로 고통 받고 있습니다. 환상적이고 참을성 없는 사람은 주로 외적인 현상으로부터만 구원을 갈구합니다: 그렇게 되는 것이 당연할 수도 있겠지요: "진리라는 것은 어딘가 그의 외부에 있으며 아마도 어딘가 다른 대지 속에, 예를 들어 유럽의 대지 속에 있을 것이다. 그 곳엔 굳건한 역사적 체계와 사회적, 시민적 삶이 있기 때문이다." 진리가 무엇보다도 그 자신의 내부에 있다는 것을 그는 전혀 알 수가 없습니다: 그는 자신의 땅에서도 이방인이며, 노동하는 방법을 이미 오래 전에 잊었고, 문화란 것을 알지 못하며, 벽에 갇힌 기숙학교 여학생처럼 성장해서, 교육받은 러시아 사회인들이 나뉘어 종사하는 14개의 관등 중 어디에 속하는가에 따라 이상하고도 쓸데없는 의무들을 수행해 왔습니다.

그는 아직까지는 공기를 통해 흩어지는, 뜯어진 풀줄기일 뿐입니다. 그도 이것을 느끼고 이것 때문에 종종 아주 괴롭게 고통 받습니다. 그런데 아마도 원래부터 귀족 가문에 속해 농노들을 거느리고 있었을 것이면서도, 귀족 계급의 자유정신에 의해 '법 없이' 사는 사람들에 매혹되는 작은 환상을 품고 잠시 동안 집시무리 속에 미쉬까를 데리고 가 보여 주었다는 것이 무슨 의미일까요? 한 여인, 어떤 시인의 표현에 따르면 '야생의 여인'은 아마 분명히 그의 우울함이 끝날 수 있다는 희망을 선사해 주었고, 그는 경솔하지만 맹렬한 믿음으로 젬피라에게 몸을 던졌습니다: "자, 그러니까 여기가 내 우울함이 끝나는 곳이고 동시에 나의 행복이 있는 자연의 품속이다. 세속으로부터 거리가 먼 이곳 사람들에게는 문명과 법이라는 것이 없다!" 그래서 결국 어떻게 되었습니까? 이 야생의 자연 환경과 접촉하게 되자마자 그는 참지 못하고 자신의 손을 피로 검붉게 물들였습니다. 세계 조화를 위해서 뿐만이 아니라 심지어 집시들을 위해서도 이 불행한 몽상가는 필요 없는 존재였기에 그들은 그를 쫓아냅니다. — 복수하지 않고 적의도 품지 않은 채 장중하면서도 소박한 마음으로 다음과 같이 말입니다:

거만한 사람이여, 우리를 놓아두게;
우리는 태어난 그대로네, 우리에겐 법이 없어,
우리는 다른 이를 괴롭히지도, 처벌하지도 않는다네.

이 모든 것은 물론 환상적이지만, 이 거만한 사람은 분명히 존재하고 정확하게 이해되어질 수 있습니다. 첫 번째로 그는 우리의 뿌쉬낀에 의해 이해되어졌는데, 이것은 기억해 둘 필요가 있습니다. 그는 자신이 받은 모욕에 대해 사악하게 괴롭히고 처벌을 하며 혹은 더 편리하게도 자신이 14개의 관등 중 하나에 속한다는 사실을 상기한 후 아마도 고통을 주는 자와 처벌하는 자의 법에 대해 큰 소리로 절규할 것입니다. 또한 개인적 모욕이 갚아지기만 한다면 그를 자기에게로 부르려 할 것입니다.

아닙니다, 이 천재적인 서사시는 모방이 아닙니다! 여기에서는 '저주받은 문제'에 대한 러시아적 해결방식이 민중적 신앙과 진리의 차원에서 암시되어지고 있기 때문입니다: "거만한 자여, 온화해져라, 그리고 무엇보다도 자신의 거만함을 버려라. 태만한 인간이여, 온화해져라, 그리고 무엇보다도 고향의 밭을 일구어라." 바로 이러한 것이 민중적 신앙과 민중적 합리성에 의한 해결방식입니다.

"진리는 너의 밖에 있는 것이 아니라 네 자신 안에 있다; 너를 네 자신 안에서 찾아라, 자신을 자신에게 복종시켜라, 자제하라, 그러면 진리가 보일 것이다. 진리는 사물들 속이나 너의 밖, 바다 건너 어딘가에 있는 것이 아니라 무엇보다도 너 자신을 알려는 노력 속에 존재한다. 자신을 정복하고 온화하게 만들어라, 그러면 한 번도 상상하지 못했을 자유를 알게 될 것이고 위대한 일을 시작할 수 있게 되며 다른 사람들을 자유롭게 만들게 되며 행복을 보게 될 것이다. 왜냐하면 너의 삶은 충만하게 되고 너는 자신의 민족과 그들의 성스런 진리를 결국 이해하게 될 것이기 때문이다. 만약, 너 자신부터가 가치 없는 존재이며 사악하고 거만하다면, 그래서 삶에 대해 대가를 치러야 한다는 생각도 못한 채 그것을 공짜로 요구하게 된다면, 집시나 혹은 세상 어디에도 세계 조화는 없다."

이러한 문제 해결 방식은 뿌쉬낀의 서사시 속에서 이미 강하게 암시되어졌습니다. 그것은 「예브게니 오네긴」 속에 더 분명하게, 이미 환상적이지 않은 명료한 사실성으로 표현되어 있습니다. 그 속에는 뿌쉬낀 이전에도 없었고 그 후로도 아마 없을 창작력과 완결성을 가지고 러시아의 실제 삶이 구현되어 있습니다.

오네긴은 뻬쩨르부르그 출신인데, 그래야만 했던 당위적 이유는 그것이 서사시에서는 의심할 바 없이 반드시 필요한 것이었고, 뿌쉬낀이 주인공의 개인사 중에서 그러한 중요한 사실적 특징을 빠뜨릴 수 없었기 때문입니다. 다시 반복하지만, 오네긴은 알레꼬와 같은 형상이고 특히 그가 우울함 속에서 절규하는 나중 모습에서는 더욱 그러합니다.

> 무엇 때문에 나는, 마치 뚤라 현의 위원처럼
> 마비상태로 누워 있지 않는 것일까?

하지만 서사시의 처음 부분에서의 그는 아직 반쯤 멋쟁이며 세속적인 인간이고, 삶에 완전히 환멸을 느끼기에는 아직 세상을 너무나 덜 산 인물입니다. 그러나 비밀스러운 권태의 고결한 악마는 이미 그를 방문해서 괴롭히기 시작합니다. 멀리 떨어진, 조국의 가운데 지역에 위치한 그는 물론 자신의 집에 있는 것은 아닙니다. 그는 거기서 무엇을 해야 할지 모르기에 마치 자신이 손님으로 와 있는 것처럼 느낍니다. 그 결과로서, 의심할 바 없이 현명하고 진실한 사람인 그는, 고국에서 그리고 외국에서 우울함 속에서 방랑할 때 낯선 사람들 속에서 자신이 스스로에게 더욱 더 낯설어지는 것을 느낍니다.

사실 그는 조국을 사랑하지만 조국을 신뢰하지는 않습니다. 물론 그도 러시아의 이상(理想)에 대해 들어

본 적이 있긴 하지만 그것을 믿지는 않습니다. 그는 조국의 토양 위에서는 어떤 일도 전혀 가능하지 않다는 것만을 믿을 뿐이고, 그 가능성을 믿는, 그때나 지금이나 소수인 사람들을 슬프게 비웃으며 쳐다볼 뿐입니다. 그가 렌스키를 죽인 것은 단지 우울증, 어찌 보면 세계적 이상에 대한 우울증 때문이었는데, 이것은 아마 대단히 러시아적 현상일 수도 있습니다.

따찌야나는 그렇지 않습니다: 그녀는 자신의 토양 위에 굳건히 서 있는 강력한 인물입니다. 그녀는 오네긴보다 깊고, 물론 더 현명합니다. 그녀는 서사시의 마지막에 표현된 진리의 본질이 무엇인가를 이미 자신의 고결한 본능만으로 예감합니다. 만약 뿌쉬낀이 자신의 서사시를 오네긴이 아닌 따찌야나의 이름을 따서 명명했다면 어쩌면 더 나을 뻔했는데, 왜냐하면 그녀는 두말할 나위 없이 이 서사시의 가장 중요한 인물이기 때문입니다. 그녀는 부정적이 아닌 긍정적 인물이며, 긍정적 아름다움의 유형이고 러시아 여인의 귀감입니다.

시인은 유명한 마지막 장면인 따찌야나와 오네긴

의 만남에서 이 서사시의 의미를 말할 임무를 그녀에게 부여했습니다. 긍정적 러시아 여인상의 아름다움은 뚜르게네프의 『귀족의 둥지』에 나오는 리자의 모습을 제외하고는 러시아 문학 속에서 거의 반복되지 않았다고 말할 수 있습니다. 하지만 사람을 내려다보는 태도로 말미암아 오네긴은 벽촌에서 그녀를 처음 보았을 때는 첫 순간부터 자신 앞에서 수줍어했던 순결하고 겸손한 따찌야나의 모습을 인식하지 못했던 것입니다. 그는 이 불쌍한 소녀에게서 완결성과 완벽함을 보아 내지 못했으며 실제로 그녀를 정신적인 어린아이로만 받아들였던 것이지요. 그녀가 정신적인 어린아이가 된 것은 오네긴에게 편지를 보낸 이후였습니다.

이 서사시 속에 정신적인 어린아이가 있다면 그것은 물론 두말할 나위 없이 오네긴 자신입니다. 그는 그녀를 전혀 알아보지 못했습니다: 사실 그가 인간의 영혼을 알 수 있는 사람이었겠습니까? 그는 추상적 생각에 빠진 사람이며 일생 동안 침착하지 못한 몽상가였습니다. 후에 뻬쩨르부르그에서 따찌야나에게 보낸 편지에서 “그녀의 완벽함을 영혼으로 느꼈다”라고 스스로 표현했던 순간에도 실은 그는 자신이 보았던 귀부인이 그녀라는 것을 몰랐습니다. 하지만 이것은 말에 불과합니다. 그의 삶 속에서 그녀는 그에 의해 가치를 인정받지 못하고 흘러가 버렸습니다. 여기에 그들 사랑의 비극이 있는 것입니다.

아, 만약 그녀와 처음 만났던 시골로 영국으로부터 차일드-해럴드나 혹은 바이런 경이 도착해 그녀의 수줍고도 겸손한 매력을 감지한 후 그에게 그녀를 가리켰다면, 오네긴은 그 즉시로 대단히 놀랐을 것입니다. 왜냐하면 이 세계적인 수난자 유형들에게는 종종 아주 많은 영적인 하인근성이 있기 때문입니다! 하지만 이런 일은 발생하지 않았고, 세계조화의 추구자는 그녀에게 설교를 하며 어쨌든 매우 정직하게 행동을 한 후, 자신의 세계적인 우울함과 어리석은 악의로 인해 손에 피를 묻힌 채 조국을 방랑하기 시작했습니다. 그녀에 대해 잊은 채 왕성한 건강과 정력 속에 그는 저주의 말들을 토해 놓습니다:

나는 젊고 내 속의 삶은 견고하니

내가 기다릴 것이 무엇인가, 우울하다, 우울하다!

따찌야나는 이것을 이해했습니다. 이 소설 속 불멸의 연(聯)들에서 시인은 아직까지 그녀에게는 이상하며 수수께끼처럼 보이는 이 인물의 집을 그녀가 방문하는 모습을 그렸습니다. 나는 이 연(聯)들의 예술성, 도달키 힘든 아름다움, 그리고 깊이에 대해 말하는 것은 아닙니다. 이제 그녀는 그의 서재에 들어와 책들과 물건들을 둘러보고 그것들을 통해 그의 영혼을 파악하려 애쓰며 수수께끼를 풀려합니다. 그러자 이 정신적인 어린아이는 마침내 이상한 웃음 속에 수수께끼가 풀릴 듯한 예감을 가진 채 숙고의 상태에 빠지게 되고 그녀의 입술은 조용히 속삭입니다:

그는 혹시 패러디가 아닐까?

그렇습니다, 그녀는 이 말을 속삭여야 했던 것이 당연합니다, 그녀는 파악해 낸 것입니다. 오랜 시간이 흘러 나중에 뻬쩨르부르그에서 새롭게 만났을 때 그녀는 그를 이미 완전히 이해하고 있습니다. 그런데 세상의, 궁중의 삶이 그녀의 영혼을 부패하게 만들었으며, 귀부인으로서의 위치와 새로운 세속적 관념들이 그녀로 하여금 오네긴을 거부하게 만드는 원인이 되었다고 누가 말을 했던가요? 아닙니다, 그것은 사실이 아닙니다. 그녀는 똑같은 따찌야나, 예전의 시골 처녀 따찌야나입니다! 그녀는 망가지지 않았으며, 그와 반대로 뻬쩨르부르그의 화려한 삶에 의해 고통 받고 쇠약해졌으며 괴로워하고 있습니다: 그녀는 귀부인으로서의 자신의 위치를 혐오하며, 만약 그녀에 대해 이와 다르게 판단하는 사람이 있다면 그는 뿌쉬낀이 말하고자 했던 바를 전혀 이해하지 못한 것입니다. 이제 그녀는 오네긴에게 확실히 말합니다.

나는 다른 이에게 시집간 몸
영원히 그에게 충실하겠어요.

그녀는 러시아 여인으로서 이 말을 하는데, 여기에

그녀의 아름다움이 있습니다. 그녀는 이 서사시의 진실을 말해 주고 있습니다. 아, 나는 그녀의 종교적 확신이나 결혼의 신비스러움에 대한 시각을 말하려는 것은 전혀 아닙니다. 나는 그런 것은 언급하지 않겠습니다. 그러나 어쨌든지: 그녀 자신이 "난 당신을 사랑해요"라고 말했음에도 불구하고 그를 따라 나설 것을 거부한 것은 그녀가 '러시아 여인'이었기 때문일까요?(남쪽의 혹은 어떤 프랑스 여인이 아니라) 바로 그것 때문에 그녀는 자신의 족쇄를 풀기 위해 대담한 발걸음을 내딛을 능력이 없었고 자신에게 바쳐지는 존경과 부유함, 세속 생활의 의미를 희생할 힘이 없었던 것일까요? 아닙니다, 러시아 여인들은 대담합니다. 러시아 여인들은 자신이 믿는 것을 대담하게 쫓아가며 그녀는 이것을 증명해 보였습니다.

하지만 그녀는 "다른 이에게 시집간 몸이며 영원히 그에게 충실할 것이에요"라고 말합니다. 도대체 누구에게, 무엇에 충실할 것이란 말일까요? 이것이 대체 어떤 종류의 의무감이란 말입니까? 오네긴과는 달리 전혀 사랑하지 않는 늙은 장군, 어머니가 눈물을 흘리며 간청했고 모욕당해 상처받은 그녀의 영혼 속에 절망과 낙담, 비관밖에는 아무 것도 없었기에 그저 시집와 버린 이 늙은 장군에 대한 의무감일까요? 그렇습니다, 그녀는 자신을 사랑해주고 존경하며 긍지를 가지는 정직한 남편으로서의 장군에게 충실한 것입니다. 어머니가 그녀에게 애원을 했다 하더라도 동의를 하고 그에게 정직한 아내가 되겠다고 맹세한 것은 그 누구도 아닌 바로 그녀였습니다. 그녀가 설사 절망 속에서 그와 결혼했다 하더라도 지금 그는 그녀의 남편이며 그에 대한 배신은 그를 수치와 치욕으로 뒤덮고 죽음에 이르게 할 것입니다.

그런데 사람이 정말로 타인의 불행 위에 자신의 행복을 건설할 수 있을까요? 행복은 단지 사랑의 쾌락 속에만 있는 것이 아니라 영혼의 고결한 조화 속에 있습니다. 정직하지 않고 무자비하며 비인간적인 행위를 남겨 둔 채로 어떻게 영혼에 평화를 줄 수 있을까요? 행복이 멀지 않은 곳에 있다는 이유만으로 그녀가 그곳으로 달려가야 하는 것일까요? 하지만 그 행복이 타인의 불행에 기초한 것이라면 그것이 어떻게 행복이 될 수 있겠습니까?

최종적으로 사람들에게 행복과 평화와 안식을 주려는 목적으로 여러분들 자신이 인간 운명의 건물을 쌓아 올리고 있다고 가정해 봅시다. 동시에, 이를 위해서는 하나의 인간 존재를 괴롭히는 것만이 절대적으로 필요하다고 가정해 봅시다. 그다지 대단한 존재도 아닌, 어떤 면으로 보면 우스운 존재이기까지 한 인물을 말입니다. 그는 셰익스피어 같은 인물도 아니며 그냥 평범한 정직한 노인으로서, 자신의 젊은 아내의 사랑을 철석같이 믿는 남편입니다. 그는 아내의 내부 세계는 전혀 모른다 할지라도 그녀를 존경하고 그녀로 인해 자긍심을 가지고 행복해 하며 안식을 얻고 있습니다. 그런데 그에게 수치를 안겨 주며 명예를 훼손하고 괴롭혀, 치욕을 당한 그의 눈물 위에 여러분들의 건물을 올리다니요! 이런 조건에서 여러분들은 그런 건물의 건축가가 될 것에 동의하겠습니까? 이것이 내 질문입니다. 그리고 여러분들이 지은 그런 건물의 수혜자일 사람들이, 가령 사소하기는 하더라도 잔인하고 불공정하게 핍박받은 존재의 고통이 밑에 깔려 있는 행복을 받아들여서 영원히 행복하게 남을 수 있다면 그러한 행복을 받아들일 것이라고 정말로 생각하십니까?

말해 보십시오, 고결한 영혼과 그토록 고통을 겪었던 마음을 가진 따찌야나가 다른 식으로 결정할 수 있었겠습니까? 그렇지 않을 것입니다: 정결한 러시아의 영혼은 다음과 같이 결정합니다: "그저 나 혼자만 행복을 잃더라도, 나의 불행이 이 노인의 불행보다 훨씬 더 크더라도, 이 노인은 물론이고 아무도 전혀 나의 희생을 평가해 주지 않더라도, 다른 이를 파멸시키면서 행복하게 되고 싶지는 않아요!" 여기에 비극이 있으며 그 경계를 넘어가는 것은 이미 늦었기에 따찌야나는 오네긴을 떠나보내는 것입니다.

이렇게 말할 수도 있을 것입니다: "그런데 오네긴도 불행하게 되지 않는가? 한 사람은 구했지만 다른 사람은 파멸되다니!" 미안하지만, 이와는 다른, 어쩌면 이 작품에서 가장 중요한 문제가 하나 있습니다. 따찌야나가 왜 오네긴과 같이 가지 않았느냐는 질문은 우리의 문학에서 일종의 특이한 역사를 가진 질문입니다. 따라서 나는 이 질문과 관련해 이토록 많은 양을 할애하고자 했던 것입니다. 그리고 무엇보다도 더 특이한 것은, 이 질문의 도덕적 해결방식이 아주 오랜 동안 의심 받아왔다는 점입니다.

나는 다음과 같이 생각합니다: 만약 따찌야나가 자유롭게 되었다 할지라도, 만약 늙은 남편이 죽어서 그녀가 과부가 되었다 할지라도, 그래도 여전히 그녀는 오네긴을 따라 가지 않았을 것입니다. 이러한 성격의 요체를 이해하는 것이 정말로 필요합니다! 그녀는 그가 어떤 사람인 줄 압니다: 한 영원한 방랑자가, 예전에는 자신에 의해 무시당했던 여인이 이제는 도달키도 어려운 빛나는 환경 속에 있음을 봅니다, — 바로 이러한 상황 속에 문제의 본질이 있는 것입니다.

그가 거의 경멸하기까지 했던 소녀에게 이제는 상류 사회가 고개를 숙이다니 — 전 세계로 향한 욕망에도 불구하고 오네긴에게는 어쨌든 대단한 권위일 수밖에 없었던 그 상류사회가! — 바로 이래서 그는 그녀에게 눈 먼 사람처럼 몸을 던지는 것입니다! 그는 외칩니다. "여기 나의 이상이 있다, 여기 나의 구원이 있다, 여기에 나의 비애의 탈출구가 있다, 내가 그것을 보자 행복은 너무나 손에 잡힐 듯, 너무나 가까이에 있는 듯하다!" 마치 알레꼬가 젬피라에게 그러했던 것처럼, 오네긴 역시 새로운 이 기묘한 환상 속에서 따찌야나에게 돌진하는 것입니다.

따찌야나가 오네긴 속에서 어찌 이 점을 보지 못하겠습니까? 그녀는 이미 오래 전에 그에 대해 파악하지 않았던가요? 그녀는 그가 사랑하는 것이 본질적으로 그의 새로운 환상일 뿐 이전과 같은 온순한 따지아나는 아니라는 사실을 확고하게 알고 있습니다. 따찌야나는 그가 그녀를 있는 그대로가 아닌 무언가 다른 존재로 받아들이고 있다는 사실을 압니다. 그는 그녀를 사랑하는 것조차 아닐 수 있으며 어쩌면 아무도 사랑하지 못하는 존재일 수도 있습니다. 나아가 그토록 고통을 겪음에도 불구하고 그 누구도 사랑할 능력이 없는지도 모릅니다! 환상을 사랑하기에 그는 자신이 스스로 환상인 것입니다. 그녀가 그를 따라 나선다 할지라도 그는 내일이면 벌써 그녀에게 환멸을 느끼는 자신의 모습을 놀라운 발견을 했다는 듯 비웃으며 쳐다 볼 것입니다. 그는 토대 없이 바람에 흩날리는 풀줄기입니다.

따찌야나는 전혀 그렇지 않습니다: 자신의 삶이 끝나 버렸다는 괴로운 의식과 절망 속에서도 어쨌든 그녀에게는 영혼을 기댈 수 있는 흔들리지 않는 견고한 무엇인가가 있습니다. 그것은 그녀의 온순하고도 정결한 영혼이 태어난 벽촌 고향과 어린 시절의 추억입니다. 그것은 불쌍한 유모 무덤 위 나뭇가지들의 그림자와 십자가입니다. 아, 이 추억들과 예전의 모습들이 이제 그녀에게는 무엇보다도 더 소중한 것입니다. 이 모습들만이 남아 있지만 그것들은 최종적인 절망으로부터 그녀의 영혼을 구하고 있습니다. 사실 이것만으로는 부족합니다. 여기에는 무언가 견고하고 깨지지 않는 전체적인 토대가 더 많이 있습니다. 여기에는 고향의 사람들, 고향의 성소(聖所)와의 접촉이 있습니다.

그런데 오네긴에게 있는 것은 무엇이며 그는 어떤 사람입니까? 그를 위안하고 잠시나마 끝없는 사랑의 동정심으로 그에게 행복의 환상을 안겨 주기 위해 그녀가 그를 따라 나서야 하는 것인가요? 그가 내일이면 당장 그 행복을 비웃을 것이라는 사실을 분명히 알면서도? 아닙니다, 비록 끝없는 동정 때문이라 하더라도 자신의 성스러움을 수치스럽게 만들려는 생각은 할 수 없는 깊고도 굳건한 영혼들이 있는 법입니다. 아닙니다, 따지아나는 오네긴을 따라 나설 수 없었을 것입니다.

「예브게니 오네긴」, 무엇으로도 필적키 어려운 이 불멸의 서사시 속에서 뿌쉬낀은 전무후무한 민중적 작가가 되고 있습니다. 그는 민중 위에 서 있는 우리 상류 사회의 심연을, 한 순간에 가장 분명하고도 명철한 방식으로 지적해 내었습니다. 예전부터 우리 시대까지에 걸친 러시아 방랑자의 유형을 식별하여 그 방랑자의 역사적 의미와 미래에까지 유효할 그의 거대한 의미를 자신의 천재적 직감으로 파악해 낸 후, 그의 곁에 의심 할 바 없이 아름다운 러시아 여인의 유형을 함께 설정해 놓은 뿌쉬낀은, 러시아 문학가들 중 처음으로 러시아 민중 속에서 발견한 일련의 아름다운 긍정적 인물들의 유형을 이 시기의 자신의 다른 작품들 속에서도 우리 앞에 제시한 바 있습니다.

이 유형들의 주요한 아름다움은 그들의 의심할 바 없이 명료한 진실성에 있기에, 그들의 형상을 부인하는 것은 불가능합니다. 그들은 마치 조각상처럼 서 있습니다. 다시 한 번 상기하는 사실이지만, 나는 지금 문학 비평가로서 말하는 것이 아니기 때문에, 시인의 천재적인 작품들을 특별히 자세하게 문학적으로 토의함으로써 내 생각을 펼치지는 않을 것입니다. 예를 들어 러시아의 수도사(修道士)이자 연대기(年代記) 작가인 인물들의 유형에 대해서는, 이 위대한 러시아의 형상들이 지닌 모든 중요성과 의미를 지적하기 위해 책 한 권을 써도 될 것입니다. 그들은 자기 내부로부터 정말로 진실한 형상들을 드러내 보일 수 있는 민중들의 강력한 영적 세계를 증명해 주는 인물들로서, 뿌쉬낀에 의해 러시아 땅에서 발견되어 추출되어지고 조각되어져 이제 우리 앞에 이미 영원토록 온순하고도 위대한 영적 아름다움 속에 표현되었습니다.

이 유형은 이미 주어져 있기에 그것이 꾸며 낸 것이라거나, 시인의 환상과 이상화(理想化)의 산물이라고 논박하는 것은 불가능합니다. 여러분들도 생각을 해 보면 동의하게 될 것입니다: 그렇습니다, 사실이 그러할진대 당연히 그것을 창조한 민중의 영혼도 존재하고 그 영혼의 생명력 역시 존재합니다. 그 생명력은 위대하고 광활합니다. 뿌쉬낀의 예술 어디서나 러시아적 성격과 그것의 영적인 힘에 대한 믿음이 들리는데, 그러한 믿음이 있다면 러시아인에 대한 위대한 희망 역시 당연히 존재하는 것입니다.

명예와 선을 희망하면서
나는 두려움 없이 앞을 바라본다.

이것은 다른 문제에 관해 시인이 말한 것이지만, 이 말은 그의 모든 민족적 창작 활동에 그대로 적용시킬 수 있습니다. 뿌쉬낀 이전과 이후 그 어느 때에도, 그 어떤 러시아 작가도 그만큼 진심으로 친밀하게 자신의 민중과 혼연일체가 되지 못했습니다. 아, 우리의 작가들 중에는 대단한 재능을 가지고 민중에 대해 정확하고 사랑스럽게 쓰는 민중 지식의 대가들이 있긴 하지만 그들을 뿌쉬낀과 비교해 본다면 최근의 그의 추종자들 중 많아 봤자 한두 명의 예외를 빼 놓고는 모두 민중에 대해 쓴다고 자칭하는 '나리'들일 뿐입니다. 심지어 내가 지금 언급한 이 두 명의 가장 재능 있는 예외적인 작가들에게서도, 민중을 자기 수준까지 끌어 올려 그것으로써 민중을 행복하게 만들어 주겠다는 뭔가 거만하고도 뭔가 다른 세태와 세계를 그린 듯한 느낌이 갑자기 들 때가 있습니다. 하지만 뿌쉬낀에게는 극히 소박한 감동에까지 도달하는, 민중과 정말로 하나가 되는 무엇인가가 있습니다. 한 농부가 그의 대귀족 부인인 암컷 곰을 어떻게 죽였는가에 대한 옛날이야기나 혹은 "중매꾼 이반, 우리는 어떻게 마셔야 하지"라는 시 구절을 상기해 보면 여러분들은 내가 무슨 말을 하고 싶은지 이해할 것입니다.

이 모든 예술적 통찰력의 보물들은 같은 토양에서 일하게 될 미래의 예술가들과 일꾼들을 위해 우리의 위대한 시인에 의해 마치 이정표처럼 남겨졌습니다. 뿌쉬낀이 없었다면 그를 따라 출현했던 재능 있는 사람들도 없었을 것이라고 분명히 말할 수 있습니다. 최소한, 우리 시대에 그들이 성공을 거두었던 그런 정도의 힘과 명료함은 그들의 대단한 재능에도 불구하고 나타나지 못했을 것입니다. 하지만 중요성은 단지 뿌쉬낀의 시나 예술 창작물에만 있는 것은 아닙니다: 뿌쉬낀이 없었다면 러시아의 자주성에 대한 우리의 믿음, 민중의 힘에 대한 우리의 분명한 희망, 그리고 유럽 민족들 중에서 러시아 민족의 독립적인 미래의 임무에 대한 믿음 등이 그토록 꺾이지 않는 힘(그런 힘이 후에 표현되기도 했지만, 그것은 전부가 아닌 매우 적은 수의 사람들에게서만 그랬습니다)을 통해 규명되지는 못했을 것입니다. 뿌쉬낀의 이러한 공적은 내가 그의 창작 활동 제3기라고 명명하는 시기를 연구해 보면 특히 잘 드러납니다.

한 번 더 반복하지만, 이 시기들은 아주 확실하게 구분할 수는 없습니다. 예를 들어, 심지어 3기의 작품들 중 몇몇은 뿌쉬낀 시 창작 활동의 맨 처음에 나올 수도 있는 것이었는데, 왜냐하면 뿌쉬낀은 자신의 모든 예술적 시초들을 자신의 밖으로부터 받아들이는 것이 아니라 자신 내부에서 단번에 운반할 수 있는 하나의 완벽한 유기체였기 때문입니다. 외적인 형상은 그의 영혼 깊은 곳에서 이미 형성된 것을 일깨우는 역할만을 했을 뿐입니다. 하지만 유기체적 성격은 발전해 가서, 이 발전의 시기들은 각각 한 단계에서 다른 단계로의 점진적 변화와 특별한 성격을 의미할 수 있습니다.

그런 방식으로 3기에 속하는 작품들이 꼽힐 수 있는데, 그 작품들 속에는 주로 세계적인 관념들이 빛나고 있고 타 민족들의 시적인 형상들이 반영되었으며 그들의 천재성이 구현되어 있습니다. 이 작품들 중 몇몇은 뿌쉬낀의 사후에 출간되었습니다.

3기의 뿌쉬낀 역시 전대미문의 대단한 일을 이루어냈습니다. 실상 유럽 문학에는 셰익스피어, 세르반테스, 쉴러 등등 거대한 예술적 천재들이 있습니다. 그러나 우리의 뿌쉬낀만큼 전 세계적 공감을 살 수 있는 능력이 있는 작가를 이들 중 한 명이라도 지적해 보십시오. 그리고 이 능력, 우리 민족의 가장 중요한 이 능력을 그는 바로 우리 민중들과 공유하고 있으며, 바로 이 때문에 그는 민중 시인인 것입니다. 유럽의 가장 위대한 시인들조차도 뿌쉬낀이 보여 준 것만큼의 천재적 능력을 가지고 옆 나라의 다른 민중들과 그들의 영혼, 그 영혼의 모든 비밀스런 심연 그리고 자신의 천직에 대한 그들의 애수 등을 구현해 내지는 못했습니다. 오히려 그와 반대로, 유럽의 시인들은 낯선 민족성을 대할 때 대체로 그것을 자신의 민족성으로 변형시켜 자기 방식으로 이해했습니다. 심지어 셰익스피어에게서도 그의 이탈리아인들은 거의 영국인들과 똑같습니다.

뿌쉬낀은 전 세계 시인들 중 타 민족성으로 완전히 변신할 수 있는 능력을 지닌 유일한 사람입니다. 자, 여기에 「파우스트」, 「인색한 기사」, 「가난한 기사가 세상에 살았었다」 등에서 추출된 장면들이 있습니다. 『돈 쥬앙』에 뿌쉬낀의 서명이 없었다면 여러분들은 이것을 쓴 사람이 이탈리아 사람이 아니라는 사실을 전혀 알지 못했을 것입니다. 「역병 기간의 향연」 속에는 얼마나 심원하고 환상적인 형상들이 있습니까! 하지만 이 환상적인 형상들 속에는 영국 천재의 모습이 느껴집니다; 서사시의 주인공이 걸린 역병에 대한 이 멋있는 노래는 마치 영국 처녀 메리가 부르는 노래인

듯합니다:

> 우리 아이들의 시끌벅적한 학교에서
>
> 목소리들이 울려 퍼진다.

이것은 영국의 노래이며 영국 천재의 애수입니다. 이것은 그의 울음이며 자신의 미래에 대한 그의 고통스런 예감입니다. 같은 작품에서 나온 다음의 이상한 시 구절을 회상해 봅시다:

> 옛날 거친 계곡 사이를 방황해가며…

이것은 고대 영국의 한 종파 지도자가 산문으로 쓴 신비주의적 서적의 첫머리 세 줄을 거의 그대로 옮겨 놓은 것입니다. 하지만 이것이 단지 옮겨 놓은 것으로만 치부되어 버릴 수 있겠습니까? 슬프면서도 환희에 넘치는 이 시행들의 음악성 속에서는 북쪽의 개신교도, 영국의 이단파(異端派), 광활한 신비주의자의 영혼이, 둔하고 음울하며 극복키 어려운 열정 그리고 참을 수 없는 신비적 몽상과 함께 느껴집니다. 이 이상한 시행들을 읽으면 당신의 귀엔 종교 개혁의 시대 영혼이 들리는 듯하게 되며, 시작되어진 개신교의 호전적인 불꽃이 이해될 수 있으며, 나아가 역사 자체가 이해되게 됩니다. 그러한 이해는 단지 생각에 의해서 뿐만이 아니라 마치 당신 자신이 거기에 있었었고 종파 조직원들의 무장된 진영을 통과해 지나갔으며 그들과 함께 그들의 찬송가를 부르고 그들의 신비스런 환희에 젖어 함께 노래 불렀고 그들이 믿는 것을 같이 믿었다는 느낌에 의해 주어질 것입니다.

그런데 이러한 종교적 신비주의와 함께 코란으로부터 나온 역시 종교적인 구절 혹은 코란의 모방이 느껴지기도 합니다: 정말로 이것이 회교도가 아니고 코란의 영혼과 그의 칼, 소박하며 위대한 믿음, 위협적인 피의 힘 등이 아니라고 할 수 있을까요? 여기에 고대의 세계도 있고, 『이집트의 밤』도 있으며, 민중의 천재성과 그 열정을 경멸하고 더는 믿지 않기에 완전히 고립되어, 죽음 직전의 지루함과 애수 속에서 믿을 수 없는 동물성과 곤충 같은 탐욕, 수컷을 먹어치우는 암컷 거미의 탐욕으로 자신의 민중 위에 군림하게 된 지상의 신들이 있습니다.

절대적으로 말하지만, 이러한 범위의 전 세계적 공감을 가진 시인은 뿌쉬낀 밖에는 없었습니다. 단지 공감만이 중요한 것은 아니라 공감의 놀라운 깊이, 자신의 영혼을 다른 민족의 영혼 속에 거의 완벽하고 황홀할 정도로 재탄생시키는 힘 역시 중요한데 그 힘은 전 세계 그 어느 시인에게서도 같은 현상으로 반복되지 않았습니다. 그것은 뿌쉬낀에게서만이 가능했는데 그런 의미에서 그는 전대미문의 현상입니다. 우리식으로 말하자면 예언자적 현상인데, 왜냐하면 그의 시 속에는 러시아 민족의 힘, 현재 속에 이미 녹아 있는 우리의 민족성이 미래에 발전될 형태를 예언하듯 표현되어 있기 때문입니다.

전 세계성과 전 인류성을 최종적 목표로서 열망하지 않는 민족 영혼은 뿌쉬낀에게서는 찾아 볼 수 없습니다. 완벽히 민중 시인이 되어 민중의 힘과 접한 후에 뿌쉬낀은 즉시 그 힘의 위대한 미래의 사명을 예감합니다. 이 점에서 그는 예측가이며 예언자입니다.

사실, 미래의 측면에서 뿐만이 아니라 이미 발생했고 두 눈 앞에 벌어진 것으로서의 뾰뜨르 대제의 개혁이 우리에게는 무엇일까요? 이 개혁은 우리에게 무엇을 의미합니까? 그것은 우리에게 단지 유럽의 의상, 관습, 발명품, 학문을 습득하는 것만을 의미하는 것이었습니까? 그렇습니다, 뾰뜨르 대제는 처음에는 그런 의미에서만, 즉 공리주의에 가까운 생각으로만 개혁을 시작했을지도 모릅니다. 그러나 후에 그의 생각들이 발전되어 나가면서 뾰뜨르 대제는 분명히 단순히 공리주의적인 생각보다는 미래의 좀 더 거대한 목적 안으로 그를 끌어들인 어떠한 비밀스런 본능에 복종하게 되었습니다.

이와 똑같은 식으로 러시아 민중 역시 공리주의적 생각에서 뿐만이 아니라 그와는 비교할 수 없을 정도로 고원한 미래의 어떤 목적을 자신의 예감으로 분명히 느낀 후 개혁을 받아들인 것입니다.-다시 말하지만 그 목적을 느꼈던 방식은 무의식적이긴 하지만 직접적이고 생동감 있는 방식이었습니다. 사실 그 당시엔 우리 스스로도 가장 생동감 있는 재통합, 즉 전 인류적인 단일화를 단숨에, 열렬히 꿈꾸게 되지 않았던가요! 우리는 적대적이지 않고 우호적으로 그리고 충만한 사랑을 지닌 채 우리들 영혼 속에 다른 민족의 천재들을 어떠한 편견적 차별도 없이 받아들였습니다. 우리는 그들과의 차이점을 그 즉시로 느꼈으면서도 그 차이를 용서하고 화해시키며 대립을 없앨 줄 아는 본능을 지녔었습니다. 그럼으로써 우리는 모든 인류를 위대한 아리안 족의 모든 민족들과 재통합시키는 것에 대해, 얼마 전 스스로 공식화했듯이, 우리가 준비되어 있으며 의향을 가지고 있음을 이미 표시했습니다.

그렇습니다, 러시아인의 사명은 두말할 나위 없이 전 유럽적이며 전 세계적입니다. 진정한 러시아인, 완벽한 러시아인이 되는 것은 아마도 바로 모든 이들의 형제, 즉 전 인류적 인간이 되는 것을 의미할 것입니다. 아, 슬라브주의니 서구주의니 하는 이 모든 것들은 역사적으로는 필요한 것이었다 할지라도 우리의 위대한 오해에 불과한 것입니다. 진정한 러시아인에게는 유럽과 모든 아리안 족의 운명이 러시아 자체,

고향 땅의 운명만큼이나 소중합니다. 왜냐하면, 칼에 의해서가 아니라 인류 재통합을 향한 우리의 형제적 열망에 의해 생겨난 전 세계성이 우리의 운명이기 때문입니다.

만약 뾰뜨르 대제 개혁 이후의 우리 역사를 연구해 본다면 우리가 유럽 민족들과 어떻게 교류했는가에서, 좁게는 우리의 외교 정책에서, 나의 이러한 생각들을 증명해 주는 흔적들을 찾을 수 있을 것입니다. 그것은 이 두 세기 동안 러시아가 유럽에 대한 정책을 통해 그들에게 한 것이 자기 자신에게 한 것보다 아마도 훨씬 더 많기 때문이 아닐까요? 단지 우리 정치가들의 무능력 때문에 이런 일이 일어났다고는 생각지 않습니다. 아, 유럽 민족들은 그들이 우리에게 얼마나 소중한지를 모릅니다.

그 결과로 나는 이 점을 믿습니다. 즉, 우리는 이미 우리가 아니며, 미래의 러시아인들 모두는 진정한 러시아인이 되는 것은 무엇을 의미하는지 잘 이해하게 될 것이라는 점을 믿습니다: 그것은 유럽의 모순에 최종적인 화해를 가져다주는 것이며, 전 인류적이며 통합적인 러시아적 영혼 속에서 유럽의 우수가 종결될 수 있는 방법을 제시해 주는 것이며, 그 영혼 속에 우리의 모든 형제들을 형제적 사랑으로써 수용하는 것이며, 나아가서는 모든 민족들의 형제적인 최종적 합의인 위대하고도 총체적인 조화의 연설을 그리스도 복음서의 규율에 따라 행하는 것입니다!

나의 이런 말들이 지나치게 환희에 젖고 과장되며 환상적으로 들릴 것이라는 점을 나도 아주 잘 압니다. 그렇게 들린다 해도 난 내가 이런 말들을 한 사실을 후회하지는 않습니다. 이 말들은 해야만 했던 것이고, 예술적인 능력 속에 바로 이러한 생각을 구현했던 위대한 천재를 기리는 축제일인 지금은 특히 더욱 그러합니다. 물론 이런 생각은 이미 예전에도 몇 번 말해진 바가 있기 때문에 내가 새로운 것을 말한 것은 결코 아닙니다. 중요한 것은 이 모든 것이 자기 과신의 말로 들릴 것이라는 점입니다. 그렇다면 "당신 말은 그러한 운명이 우리의 이 빈곤하고 거친 땅에 주어져 있다는 뜻인가? 인류 속에서 새로운 말을 해야 할 임무가 바로 우리에게 주어져 있다는 뜻인가?"라고 반문하실 건가요?

하지만 그건 합당하지 않은 질문입니다. 내가 도대체 경제적인 영광, 무력적인 혹은 학문적인 영광에 대해 얘기하고 있다는 말입니까? 나는 단지 사람들의 형제애에 대해, 모든 민족들 중에서 아마도 러시아 민족에게 전 세계적, 전 인류적 통합을 향한 임무가 예정되어 있다는 점에 대해 말하고 있는 것입니다.

나는 그러한 흔적을 우리의 역사와 우리의 재능 있는 사람들과 뿌쉬낀의 천재성 속에서 봅니다. 비록 빈곤한 우리의 대지이나마 그리스도는 노예와 같은 차림으로 그 대지 위를 편력하며 축복했던 것입니다. 어째서 우리가 그분의 마지막 말을 받아들이지 못하겠습니까? 그분 자신이 여물통 속에서 태어나지 않았습니까? 반복하지만, 우리는 이미 뿌쉬낀을 그리고 그의 전 세계적이며 전 인류적인 천재성을 지적해 낼 수 있습니다. 그는 타인의 천재성을 마치 자신의 것인 양 자신의 영혼 속에 수용할 수 있었으니까요. 최소한 예술과 창작물 속에서 그는 러시아 영혼의 이러한 전 세계성을 의심할 바 없이 드러내 보였고, 이 점이 이미 대단한 지침이 되는 것입니다.

만약 우리의 생각이 환상이라 하더라도 뿌쉬낀에 대해서는 최소한 그러한 환상을 가져도 되는 근거가 있습니다. 만약 그가 더 오래 살았더라면, 아마도 우리의 유럽 형제들에게 이미 이해가 된 러시아 영혼의 위대한 불멸의 형상을 드러내 보임으로써 그들을 지금보다 더 가깝게 우리 쪽으로 끌어 왔을 것이며, 그럼으로써 그들에게 우리가 가진 열망들의 진실 전체를 설명해 줄 수 있었을 것입니다. 그렇게 되었다면 그들은 우리를 더 잘 이해하게 되었을 것이고, 우리의 미래를 예견하게 되었을 것이며, 지금처럼 상당한 불신과 거만함의 눈길로 우리를 쳐다보는 것을 그쳤을 것입니다. 만약 뿌쉬낀이 더 오래 살았더라면 아마도 우리들 사이에는 오해와 논쟁이 지금 우리가 보는 것보다 적었을 것입니다. 하지만 신은 다르게 판단했습니다. 뿌쉬낀은 자신의 힘이 한창 발전하고 있을 때 죽었으며, 어떤 위대한 비밀을 무덤 속으로 완전히 가져가 버렸습니다. 그래서 우리가 지금 뿌쉬낀 없이 그 비밀을 풀어내고 있는 것입니다.

여섯 색깔 도스토예프스키

백 준 현
(상명대학교 러시아어문학과 교수)

도스토예프스키(1821~1881)의 작품을 읽을 때 힘든 점은 그의 많은 작품들이 일반 독자들이 감당하기에는 너무 무겁게 느껴진다는 점일 것이다. 이러한 무거운 색채의 본질은 그의 세계관이 대단히 염세적이거나 또한 독자들을 힘겹게 만드는 만연체의 글을 그가 애용하기 때문도 아니다. 이 무거움은 작품이 온통 무엇인가에 대한 '생각'으로 가득 차 있기 때문에 나타난다. 많은 비평가들이 그의 문학의 가장 지배적인 요소라고 평했던 이 다양한 생각들의 존재를 도스토예프스키 자신은 '관념(觀念, 러시아어로는 идея)'이라는 용어로 규정하고 있다. 도끼로 사람을 죽이는 저열하고도 끔찍한 행위의 기저에 소위 '초인(超人) 사상'이 숨어 있다는 역설을 풀어 낸 『죄와 벌』로부터, 진정한 신앙은 신을 거부할 수 있는 자유 속에서만 태어날 수 있다는 역설적 사실을 부친 살해의 관념과 결합시켜 풀어 낸 『까라마조프가의 형제들』에 이르기까지 그의 소설을 읽는 것은 우리에게 상당한 에너지와 고통을 요구한다. 또한 「지하로부터의 수기」에서 보이듯 인간의 본질은 상식의 측면이 아닌 오히려 가장 비정상적인 심리의 표현에서 찾아볼 수 있다는 데까지 이르면 독자들의 난감함은 정도를 더해 간다. 그럼에도 불구하고 도스토예프스키가 독자들에게 위대한 문학가로 각인될 수 있는 것은, 자신이 생각한 인간 관념과 심리의 세계를 성실하고 치밀하게 추구하여 표현하려는 노력이 결국에는 독자들의 마음을 움직이기 때문이다.

여기서 간과하지 말아야 할 것은 대체로 그의 장편소설들에서 나타나는 이러한 무게감이 그의 천재성에 힘입은 일조일석의 결과물은 결코 아니었다는 점이다. 처녀작 「가난한 사람들」로부터 시베리아 유형 전후, 그리고 후기에 이르기까지 그가 쓴 많은 단편들과 논설문들은 작가가 거대한 문인으로 성장하는 과정을 여러 측면에서 세밀하게 보여 주는 작품들이다. 즉, 이 단편들은 중·후기의 대작들이라는 큰 줄기와 연결되는 뿌리, 새싹, 가지와 같은 것들이다. 또한 이 단편들에서는 도스토예프스키가 작가로서 고차원적이거나 이질적인 정신세계를 다루는 것에만 집착한 것은 아니라는 점 역시 드러난다.

역자는 이러한 의미를 가진 단편들과 논설문들 중 가장 가치가 있다고 판단되는 여섯 작품을 선택하여, 이들을 통해 도스토예프스키를 거목(巨木)이라는 중압감에 눌리지 않고 감상할 수 있도록 시도해 보았다. 물론 이러한 시도는 '쉬운 감상'뿐만이 아니라, 앞서 언급했듯이, 하나의 거대한 문학 세계가 결실을 거두는 과정과 그 후의 결과물을 다방면에서 이해해 보려는 목표 역시 가진다.

첫 번째 작품인 단편 「크리스마스 트리와 결혼식」은 작가가 시베리아 유형에 처해지기 전해인 1848년 9월에 ≪조국 수기≫지(誌)에 발표된 작품이다. 이 작품은 전제 정치와 초기 자본주의가 막 섞이기 시작한 당대 러시아의 괴물적인 환경하에서 인간의 가치를 사회적 신분과 돈의 측면에서만 파악하는 실태를 고발하는 작품이다. 아직 11세에 불과한 소녀를 그녀가 장래 신부로서 가질 막대한 지참금의 측면에서만 파악해 접근하려는 부유한 상인 율리안 마스따꼬비치의 모습은, 돈에 매몰된 인간의 정신적 황폐함이 어떤 정도에까지 이를 수 있는지를 보여 준다. 이러한 정신적 황폐함은 그가 신분이 낮은 가정교사의 어린 아들을 냉대하고 학대하며 심지어 폭행에까지 이르는 모습에서 절정에 이른다. 이 소설의 화자인 '나'는 이 모든 과정을 우연히 지켜보며 조소적인 반응을 보임으로써 율리안 마스따꼬비치를 당황하게 만들지만 결코 그 이상의 적극적 개입을 하지는 않는다. 즉, 독자가 기대하는 '선한 구원자'로서의 그의 모습은 결코 뚜렷하게 드러나지는 않는다는 것이다. 사실 이렇듯 도덕적인 측면에서 작품의 결론을 맺으려 하지 않는 점이 바로 도스토예프스키 문학의 진솔함이라 할 수도 있다. '절대 악'과 '절대 선'을 구분지어 두고 선의 절대적 승리로써 인간세계의 문제를 해결할 수 있다는 구도는 도스토예프스키의 문학에서 받아들이기 힘든 것이었다. 5년 후 결국 부모의 뜻에 따라 율리안 마스따꼬비치와 결혼식을 올리는 비극적 운명에 처한 소녀를 보고도 화자인 '나'는 "어쨌든 (마스따꼬비치의) 계산은 정확했군!"이라고 냉소적으로만 반응하며 자리를 뜬다. 독자들은 이 장면에서 화자인 '나'에게도 일말의 분노를 느끼겠지만, 이 장면은 오히려 당대 사회의 경직되고 속물화된 구조를 한 개인의 힘으로 어찌할 수는 없다는 점, 나아가 그 역시도 헤어나기 힘들다는 점을 극명하게 보여 주려는 작가 도스토예프스키의 문학적 장치인 것이다.

두 번째 작품인 「정직한 도둑」은 원래 1848년 4월에 「닳고 닳은 사람 이야기」(1장은 '퇴역 군인', 2장은 '정직한 도둑')라는 제목으로 ≪조국 수기≫지에 발표되었으나, 12년 후인 1860년에 1장의 '퇴역 군인' 부분을 삭제하고 전체 제목을 「정직한 도둑」으로 바꿔 자신의 두 권짜리 작품 선집에 재발표한 작품이다. 도스토예프스키가 선배 문인 고골리로부터 많은 영향을 받아 초기 작품들에서 억눌리고 가난한 하급 관리의 모습을 소위 '작은 인간'의 모습으로 표현했다는 것은 주지의 사실이다. 그러나 이 작품에서는 전직 최하급 관리였던 '예멜랸 일리치'의 모습이 사회에 적응치 못하고 술에 중독되어 완전히 망가져 버린 모습으로 나타난다. 고골리의 『외투』에서 아까끼 아까끼예비치가 인간으로서의 개성이 거의 상실된 극히 폐쇄적인 '정서(淨書) 기계'였다면, 예멜랸은 '작은 인간'을 넘어 이제는 인간으로서의 일말의 개성과 자존심마저도 사라져 가는 '와해된 인간'으로 나온다. 그런데 도스토예프스키는 이러한 예멜랸 옆에 따뜻한 심성을 가진 아스따피 이바노비치를 배치시킴으로써 '작은 인간'의 불행을 사랑과 자비의 측면에서 바라볼 수 있도록 한다. 아스따피 이바노비치 역시 지주 댁의 집사 출신이면서도 현재는 삯바느질로 연명하는 불행한 처지이지만, 그는 자신에게 들러붙는 예멜랸을 자비와 인내로써 바른 길로 인도하려 든다. 그는 바지를 훔쳐 가고도 거짓말을 하며 모른 척하는 예멜랸에게 한때는 혐오감까지 느끼지만, 결국에는 도둑질 사실을 고백하고 담담하게 죽어 가는 예멜랸을 돌보며 후회와 안타까움을 느낀다. 이러한 모습은 당대 러시아의 몰개성화된 '작은 인간들'의 상처를 치유할 수 있는 가능성은 이성이나 논리가 아닌, 바로 이와 같은 따뜻한 인성으로부터 비롯된다는 점을 말해 준다.

세 번째 작품인 「보보크」는 1873년부터 작가가 야심차게 집필하기 시작한 ≪작가 일기≫에 처음으로 써서 포함시킨 단편소설이다(1873년의 ≪작가 일기≫는 모두 ≪시민≫지에 게재되었다). 이 시기는 도스토예프스키의 중·장편들 중 상당수가 이미 발표된 시기이며, 그가 그때까지 무르익은 자신의 정치, 사회적 식견을 ≪작가 일기≫를 통해 논설문과 단편의 형태로 활발하게 발표하기 시작한 때이기도 했다. 이 작품의 화자는 자신을 평가해 주지 않는 사회와 갈등을 빚으며 살아가고 있는 한 3류 작가인데, '보보크'라는 뜻 모를 소리가 귀에 계속 들릴 정도로 정신적 불안정 상태에 있다. 그는 먼 친척의 장례식에 들렀다가 묘지에 묻힌 망자(亡者)들의 대화를 우연히 듣게 된다. 권위주의적인 장군, 음탕함을 숨기고 있는 고관, 그와 마찬가지로 호색녀인 귀부인, 아첨꾼 관리, 지상의 삶에 대한 미련을 버리지 못한 몇몇 인물 등등으로 구성된 이 망자들의 대화는 화자인 3류 작가에게 신기함과 역겨움의 감정을 동시에 일으킨다. 이 작품에서 망자들의 세계를 지배하는 것은 자신의 원래 모습을 벗어나지 못하고 계속해서 똑같은 속물성만을 표현하는 '자기 복제'의 말이다. 타인의 말은 그들의 내부에 침투하지 못하므로 그들의 말은 모두 복제만 될 뿐 질적인 변화는 일으키지 못하는 정체된 말이다. 도스토예프스키가 그린 망자들 세계의 혼돈은 이러한 말이 횡행하는 당대의 러시아 사회에 대한 알레고리로서, 1870년대의 대립과 갈등의 소용돌이 속에서 서로에 대해 무분별한 비판의 말을 쏟아 놓던 당대의 러시아를 비유적으로 그린 것이었다.

이 작품의 수수께끼인 '보보크'는 작가로서의 생명력이 고갈되어 가고 있는 화자가 듣게 되는 기괴한 소리이자 침묵 속에 잠들어 있는 어떤 망자의 입에서 나오는, 다른 망자들에 의해 '아무 의미도 없는 단어

꼬가리'라고 무시당하는 소리였다. 그러나 화자는 망자들의 대화가 사라진 후 '보보크'의 의미에 대해 어렴풋이 깨닫게 된다. 그것은 진실성과 생명력이 없는 말들 사이에서 오히려 유일하게 진실한 생명력을 가진 소리였던 것이다. 이 점은 이 단어가 러시아어로 '콩알(бобок)'을 뜻하는 것과도 연관된다. 콩알이 땅에 뿌려지면 새로운 생명이 탄생하듯이, 콩알은 콩깍지 속에 들어 있는 최초의 생명 단위이다. 망자들의 세계가 이미 완전히 말라 버려 모양만 남은 콩깍지라면, 그 속에서도 '보보크'라고 중얼거리는 유일한 한 명의 망자는 아직 생명력을 잃지 않은 하나의 씨앗인 것이다. 이러한 깨달음은 "보보크는 이제 더 이상은 나를 당황하게 만들지 않는다(아, 그 보보크란 것이 이렇게 정체를 드러내는구나!)"라는 그의 외침으로 이어진다. 이 지점에서 그는 '불가해한 소리'였던 보보크를 재료로서의 단어가 아닌 그 '본질'로서 이해하고 있다. 이것은 작가로서의 그의 인식 능력이 질적 변화를 일으켰다는 것을 의미한다. 따라서 '보보크'는 폐쇄적이었던 그가 자신이 모르던 세계와 만나 그 의미를 깨닫고 작가로서 발전해 나갈 수 있는 전기가 되는 소리이다. 아무 것도 의미하지 않는 듯 보였던 '보보크'는 실상 그가 모르던 세계로부터 들려오는 생명의 소리였으며 이제 그에게는 시작의 소리가 된 것이다. 도스토예프스키는 이를 통해 영혼이 살아 있는 자의 입에서 나오는 단 한 마디의 말이 육체만 살아 있는 자들의 온갖 말들보다 더 가치 있음을 보여 주고 있다. 장차 많은 열매를 맺게 될 최초의 생명으로서의 '콩알 보보크'를 이해한다면 이 작품이 '기괴한 이야기'로만 치부되어서는 안 되는 이유는 분명할 것이다.

네 번째 작품 「농부 마레이」는 ≪작가 일기≫의 1876년 2월호에 발표된 단편이다. 이 작품은 작가가 시베리아 수용소의 끔찍한 환경 중에서 문득 자신의 아홉 살 때의 일을 떠올렸던 에피소드를 모태로 하고 있다. 작가는 늑대가 온다는 환청을 듣고 경악해 달려온 아홉 살배기 어린아이를 안심시키려 애쓰던 일자무식 농부 마레이의 진실한 모습을 세세하게 묘사하고 있다. 20여 년 후 이성과 합리성을 신봉하는 사회주의자가 될 작가의 어린 시절은 이와는 전혀 다른 순백의 종이 위에 펼쳐지고, 그 종이 위에 아름다운 그림을 그리는 사람은 농부 마레이이다. 그는 소년이 자신이 모시는 지주 주인의 아들이라는 사실에는 전혀 신경 쓰지 않고 하나의 인간으로서 소년을 안심시키고 달랜다. 그들 사이에 신분의 차이에서 발생하는 불협화음은 자리할 곳이 없으며, 무지하고 거친 농노의 모습이 느껴지지도 않는다. 이것은 말년의 도스토예프스키가 도달했던 믿음, 즉 러시아 농민들의 심원하고도 폭넓은 정신세계의 위대함에 대한 소박한 표현이다. 이 위대함은 그것을 분석하여 이해하려는 자가 아닌, 소년 도스토예프스키와 같이 순백의 영혼을 가진 이들에 의해서만이 이해 가능하다는 것이 이 작품을 통해 작가가 표현하고자 한 바였던 것이다. 이 회상에서 깨어난 죄수 도스토예프스키가 수용소의 농노 죄수들을 이제 전혀 다른 시각에서 보게 되었다고 고백하는 장면은, 러시아는 이성과 합리성의 틀이 아닌 직관과 감성의 측면에서 보았을 때 그 본질을 느낄 수 있다는 말년의 깨달음을 반영하는 것이다.

다섯 번째의 단편인 「우스운 인간의 꿈」은 ≪작가 일기≫ 1877년 4월호에 실린 작품이다. 이 작품은 앞서의 「농부 마레이」와 마찬가지로 ≪작가 일기≫에 게재되었고 그 시기도 약 1년여밖에 차이가 안 나지만, 주제의 표현 방식은 상당히 다르다. 도스토예프스키에 대한 저명한 평론가 모출스키는 이 작품에 작가의 세계관이 집대성되어 있으며, 따라서 이 작품은 도스토예프스키의 복잡한 종교 철학을 이해하는 열쇠와 같다고 지적한 바 있다. 현실 속에서 자신의 비사교적인 생각과 행동으로 인해 '우스운 인간'으로 낙인찍혀 왔던 주인공은 세상 모든 존재는 오로지 나의 두뇌 속에서만 존재한다는 유아론(唯我論)적 사고를 키워 간다. 따라서 그는 자신을 조롱해 왔던 사람들과 그들이 중요하게 생각하는 것들에 경멸을 표하기 위해 '거만한 자살'을 택한다. 그러나 그 과정은 꿈이었을 뿐이며 그는 꿈속에서 오히려 '다른 지구'의 사람들과 만나는 신비로운 경험을 한다. 그는 현재의 지구와는 전혀 다른 환경에서 서로 간에 아무런 편견이나 미움이 없이 사는 그들의 행복한 삶에 경탄하며, 그곳 사람들 역시 그를 받아들여 아껴 준다. 문제는 그 다음에 일어나는데, 자신이 떠나온 옛 지구에서의 습성을 버리지 못한 그는 그곳 사람들에게 질투, 증오, 대립과 같은 다양한 악의 세균을 자신도 모르게 뿌리게 된다. 그로 인해 그들은 서로 증오하게 되었으면서도 그것이 얼마나 무익한 것인지를 깨닫지 못한다. 그 해결책으로서 법, 권력, 전쟁, 학문 등등이 생겨나는 것은 인간이 만들어낸 이러한 문화 체계가 실상 얼마나 공허한 자기중심주의에서 배태되었는지를 상징적으로 보여 준다. 주인공은 자신의 잘못을 깨닫고 비탄에 젖는다. 이 장면에서 꿈에서 깨어난 주인공은 현실로 돌아와 자신이 꿈에서 본 깨달음을 전파하러 가겠다고 부르짖는다.

자신의, 자신에 의한 꿈을 반추하며 깨달음을 얻었다고 하는 것이 과연 계속적인 유아론의 소치인지, 혹은 그 자체로 소중한 깨달음인지에 대해 도스토예프스키는 작품 내에서 명확한 답을 주지 않는다. 그러나 분명한 것은 이 작품이 2년 후 『까라마조프가의 형제들』에서 최종적으로 표현될 신과 인간의 관계에 대한 진지한 고민, 즉 신이 제시하는 구원의 길은 무조건적

가르침이 아니며, 인간이 자신의 실존적 고통을 진지하게 겪어 낼 때 비로소 그 출발점을 찾을 수 있다는 것을 함축적으로 표현하고 있다는 점이다.

마지막 여섯 번째는 뿌쉬낀에 대한 연설문으로서 도스토예프스키를 러시아 문학계의 최고 지도자를 넘어 거의 성자(聖者)의 반열에까지 오르게 만든 유명한 연설의 내용이다. 이 연설은 『까라마조프가의 형제들』이 거의 완성이 되어 가던 1880년 6월 8일 모스크바의 뿌쉬낀 동상 제막식의 관련 행사로서 러시아 문학 애호가 협회의 모임에서 행한 연설이다. 이 연설에서 도스토예프스키는 러시아 문학사에서 전무후무한 뿌쉬낀의 우수성과 독창성을 설파한 다음, 그의 작품 「예브게니 오네긴」에 등장하는 회의론자 인텔리 오네긴과 그에 대비되는 강인하고 현명한 러시아 여인상 따찌야나를 대비시켜 러시아적 영혼의 고결함을 강조한다. 도스토예프스키는 뿌쉬낀이야말로 전 유럽을 통틀어 가장 위대한 문학가이며, 그에 못지않게 러시아 민족 역시 따찌야나처럼 위대한 민족성을 가지고 있다고 설파한다. 도스토예프스키가 본 러시아 민족의 특성은 감성과 직관에 근거를 둔 '폭넓은 세계관'이었으며 이것은 이성과 합리성에 매몰된 유럽의 문제점들을 치유할 수 있는 위대한 장점으로 여겨졌다. 도스토예프스키는 러시아인의 이러한 위대성을 작품 속에 구현하고 또 그것으로써 전 유럽의 문학을 아우를 수 있는 작품 세계를 최초로 구축한 사람이 뿌쉬낀이었다고 외친다. 따라서 러시아 민족은 자신에게 내재한 이러한 위대함을 깨달아 이웃을 사랑하고 유럽을 포용하며 나아가 전 세계로 향할 수 있는 사명감을 가져야 한다는 것이 그의 주제였다. 이 연설은 그곳에 모인 사람들에게 폭풍과 같은 감동을 주었다. 이 연설은 실상 도스토예프스키가 자신의 문학 인생 전체를 통해 꾸준히 추구해 왔던 주제들 중의 하나, 즉 '우리 러시아인들은 어떤 사람들이며, 우리들은 과연 무엇을 해야 하는가?'를 단적으로 표현한 것이었기에 정치, 사회, 문학 전반에 걸친 그의 최종적 사상 내용을 연설의 형태로 표현한 것이라 할 수 있다.

이러한 여섯 개의, 단편과 연설문을 통해 우리는 대작들을 통해 뿜어져 나왔던 도스토예프스키의 에너지가 여타의 작품들에도 분산되어 실려 있음을 알 수 있다. 물론 이 여섯 가지 색깔이 도스토예프스키의 문학 전체를 아우를 수 있는 것은 아니다. 그는 분명히 거대하고 이상적인 관념을 추구하면서도 인간 심리의 심원한 밑바닥에도 주목했던 수수께끼 같은 작가였다. 하지만 이렇듯 소박한 분위기와 다양한 색채의 단편들을 통해 우리는 그가 인간의 삶을 결코 하나의 고정된 시각으로 해석하려 들지는 않았다는 점을 알 수 있다. 그렇기에 이러한 단편들은 도스토예프스키 문학의 흐름을 제대로 알기 위해 반드시 이해할 필요가 있는 작품들이다. 또한 이러한 작품들에 대한 이해가 전제될 때 결국은 관념과 심리 자체가 아닌 인간의 행복을 위해 글을 쓰고자 했던 도스토예프스키의 내면이 올바로 이해될 수 있을 것이다.

끝으로 이 한글 번역본들의 러시아어 원전은 Ф. М. Достоевский, Полное собрание сочинений в тридцати томах(Ленинград: Наука, 1972~1990)임을 밝힌다.

표도르 미하일로비치 도스토예프스키

Фёдор Михаилович Достоевский

1821년 • 10월 30일(현재의 달력으로는 11월 11일. 이하 생존 시의 달력 기준으로 표기). 모스크바 마린스끼 자선 병원의 의사인 아버지 미하일 안드레예비치 도스토예프스키와 상인 집안 출신의 어머니 마리야 표도로브나 네차예바 사이에서 둘째 아들로 태어남.

1834년 • 10월. 형 미하일과 함께 체르마끄가 경영하는 중학 과정 기숙학교 입학. 1837년 봄까지 다님.

1837년 • 1월 29일. 존경하던 시인 뿌쉬낀이 결투에서 사망.
• 2월 27일. 어머니 마리야 표도로브나 사망.
• 5월. 두 사건으로부터 받은 충격과 슬픔 속에서 형 미하일과 함께 뻬쩨르부르그로 이주.

1838년 • 1월 16일. 뻬쩨르부르그의 육군 공병 학교에 입학.

1839년 • 6월 6일. 아버지 미하일 안드레예비치가 다로보예의 영지에서 농노들에게 살해당함.

1840년 • 11월. 공병학교에 다니면서 육군 하사관으로 임관. 이어 1842년 8월에는 육군 소위가 됨.

1843년 • 8월. 공병학교 졸업. 뻬쩨르부르그의 육군 공병대에서 근무.

1844년 • 2월. 재정 상태가 나빠지기 시작함. 그 일로 인하여 결국 10월에 제대.

1845년 • 5월. 그의 처녀작인 중편소설 「가난한 사람들」 완성. 당대 최고의 비평가들인 네끄라소프와 벨린스끼가 읽고 극찬함. 문학계와 대중들에게 동시에 엄청난 반향을 불러일으킴.

1846년 • 1월. 「가난한 사람들」을 『뻬쩨르부르그 선집』에 발표.
• 2월. 두 번째 작품 『분신』을 ≪조국 수기≫지에 발표.
• 10월. 「쁘로하르친 씨」를 ≪조국 수기≫지에 발표. 이 무렵부터 사회주의자들과 교류가 시작됨.

1847년 • 1월. 「아홉 통의 편지로 된 소설」을 ≪동시대인≫지에 발표.
• 7월. 뻬쩨르부르그 센나야 광장에서 처음으로 간질 발작을 일으킴.
• 10월. 「여주인」을 ≪조국 수기≫지에 발표.

1848년 • 2월. 「약한 마음」과 「뽈준꼬프」를 ≪조국 수기≫지에 발표.
• 4월. 「닮고 닮은 사람 이야기」를 ≪조국 수기≫지에 발표(12년 후인 1860년에 이 작품의 1부를 삭제하고 2부인 「정직한 도둑」만을 따로 떼어내 출판함).
• 9월. 「크리스마스 트리와 결혼식」을 ≪조국 수기≫지에 발표.
• 12월. 「백야」를 ≪조국 수기≫지에 발표.
• 1847년부터 1848년에 걸쳐 사회주의자들과의 교류가 심화

되고 그들의 모임에 자주 참석하게 됨.

1849년
- 1~2월. 「네또치까 네즈바노바」를 ≪조국 수기≫지에 일부 발표(두 달 후 체포되면서 미완성으로 끝남).
- 4월 15일. 뻬뜨라셰프스끼를 위시한 사회주의자들의 문학 모임에서 벨린스끼가 고골리에게 보낸 편지를 낭독함. 그 내용은 절대 왕정을 신봉한 고골리의 경향을 비난한 것이었음.
- 4월 23일. 당국에 의해 위의 사실이 발각되어 체포됨.
- 11월 13일. 사형을 선고받음.
- 12월 22일. 사형이 집행되기 직전 황제의 은혜로 반성의 기회를 준다는 명목으로 집행을 정지함. 4년간의 시베리아 강제 노동 징역형과 그 후 사병으로 강등되어 4년간 더 복무하는 것으로 감형됨.

1850년
- 1월 23일. 시베리아 옴스크의 강제 노동 수용소에 도착. 이후 4년간 수용소에서 복역.

1854년
- 2월. 출옥함. 세무관 이사예프의 아내 마리야 이사예바와 알게 되어 연정을 느낌.
- 3월. 사병으로 강등되어 세미빨라친스끄 주둔 부대에 배치됨.

1857년
- 2월. 미망인이 된 마리야 이사예바와 결혼.
- 4월. 복권되어 이전의 신분과 출판권을 되찾음.
- 8월. 수용소에서 구상했던 「어린 영웅」을 M.이라는 익명으로 ≪조국 수기≫지에 발표.
- 12월. 간질 증세로 인해 더 이상 군복무를 할 수 없다는 진단을 받음.

1858년
- 1월. 전역 허가 신청서와 함께 본거지로 귀환하게 허락해 줄 것을 황제에게 청원. 그러나 전역 승인이 1859년 3월까

지 늦어짐에 따라 당분간 뜨베리를 정착지로 택함.

1859년
- 3월. 전역 승인을 받고 하사관으로 제대함. 「아저씨의 꿈」을 ≪러시아의 말≫지에 발표.
- 11월. 뻬쩨르부르그로의 귀환과 거주를 허가 받음.
- 12월. 10년 만에 뻬쩨르부르그로 귀환.
- 11월. 중편 「스쩨빤치꼬보 마을 사람들」을 ≪조국 수기≫지에 연재 시작. 12월에 완결.

1860년
- 9월. 시베리아 강제 노동 수용소에서의 절실한 경험을 담은 『죽음의 집의 기록』의 1부를 ≪러시아 세계≫지에 발표. 발표와 동시에 큰 반향을 불러일으킴.

1861년
- 1월. 형 미하일을 도와 ≪시대≫지 창간. 창간호에 『학대받고 상처받은 사람들』 연재 시작. 7월에 완결.
- 3월. 농노 해방령이 반포됨.
- 5월. 도스토예프스키의 작가적 능력을 흠모하던 젊은 여인 아뽈리나리야 수슬로바를 알게 되고, 이후 편지 교환을 통해 점차 남녀 관계로 발전됨.

1862년
- 1월. 『죽음의 집의 기록』의 2부를 ≪시대≫지에 발표.
- 6월. 처음으로 유럽 여행을 떠남. 영국, 프랑스, 독일, 스위스, 이탈리아 등을 거쳐 9월에 러시아로 귀환.
- 12월. 「추악한 이야기」를 ≪시대≫지에 발표.

1863년
- 2월. 여행 시에 접한 유럽 문명의 실태를 비판한 「여름 인상에 대해 겨울에 쓴 메모」를 ≪시대≫지에 발표.
- 5월. 폴란드 무장 봉기와 관련해 폴란드인에게 유리한 글을 실었다는 이유로 ≪시대≫지가 당국에 의해 폐간됨.
- 8월. 2차 유럽 여행을 떠남. 파리에서 아뽈리나리야 수슬로바와 만나 이후 같이 여행을 하였으나 관계가 점차 악화됨.

프랑스, 스위스, 이탈리아를 거치면서 도박열로 인해 모든 돈을 탕진함.
- 10월. 러시아로 귀환. 수슬로바는 이보다 먼저인 10월 초에 혼자 파리로 떠남.

1864년
- 3월. 전년 5월에 폐간된 ≪시대≫지를 이을 ≪세기≫라는 이름의 새 잡지를 형과 함께 창간함.
- 3월. 「지하로부터의 수기」를 ≪세기≫지에 연재 시작. 4월에 완결.
- 4월 15일. 아내 마리야 사망.
- 7월 10일. 형 미하일 사망.

1865년
- 6월. 재정난으로 ≪세기≫지 발행 중단. 이 상황을 타개하기 위해 출판업자 스쩰로프스끼와 계약을 맺음. 3천 루블을 받는 대신 그때까지 나온 모든 작품의 출판권을 양도하고 1866년 11월 1일까지 중편 이상 분량의 새 작품을 써서 그에게 넘겨주기로 약속함.
- 7월. 3차 유럽 여행을 떠남. 10월 중순까지 독일 비스바덴에 체류하던 중 도박열이 발동해 또 다시 가진 것을 모두 탕진함. 이 와중에서도 『죄와 벌』의 구상에 착수함.
- 10월. 러시아로 귀환.
- 11월. 수슬로바에게 청혼했으나 거절당함.

1866년
- 1월. 『죄와 벌』을 ≪러시아 통보≫지에 연재 시작. 12월에 완결.
- 10월 3일. 스쩰로프스끼와의 계약을 지키기 위해 속기사 안나 그리고리예브나 스니뜨끼나를 고용하여 중편소설 「노름꾼」을 구술하기 시작함.
- 11월 1일. 「노름꾼」을 완성하여 스쩰로프스끼에게 넘겨줌.
- 11월 8일. 안나 그리고리예브나에게 청혼하여 허락을 받음.

1867년
- 2월 15일. 안나 그리고리예브나와 결혼.
- 4월. 도스토예프스키 부부가 함께 유럽으로 출국. 이후 1871년 7월까지 4년 넘게 체류함.

1868년
- 1월. 장편 『백치』를 ≪러시아 통보≫지에 연재 시작. 11월에 완결.
- 2월 22일. 딸 소피야 출생. 그러나 3개월 만에 병으로 사망.

1869년
- 9월 14일. 딸 류보피 출생.

1870년
- 1월. 「영원한 남편」을 ≪오로라≫지에 연재 시작. 2월에 완결.

1871년
- 1월. 장편 『악령』을 ≪러시아 통보≫지에 연재 시작. 1872년 12월에 완결.
- 4월. 독일 비스바덴에서 다시 도박을 하여 많은 돈을 잃음. 아내에게 편지하여 다시는 도박을 하지 않겠다고 서약하였으며 실제로 이 약속을 지킴.
- 7월. 러시아로 귀환.
- 7월 16일. 아들 표도르 출생.

1872년
- 12월. 보수 경향의 정치, 문화 분야 주간지인 ≪시민≫지의 편집장직 요청을 받고 이를 수락함. 준비 작업을 시작함.

1873년
- 1월. ≪시민≫지 첫 호 발간. 자신의 정치, 사회, 문화, 문학 분야 생각들을 발표할 수 있는 것으로서 오래 전부터 구상해 오던 ≪작가 일기≫를 이 잡지에 게재하기 시작. ≪작가 일기≫는 도스토예프스키가 편집장으로 재직하던 1873년부터 1874년 초까지의 기간 동안에만 ≪시민≫지에 게재되었으며, 그 후 1876년과 1877년에는 월간지로, 1880년과 1881년에는 비정기적인 형태로 도스토예프스키가 자체 출간함.

- 2월. 「보보크」를 ≪작가 일기≫에 집필해 2월 5일에 발간된 ≪시민≫지 6호에 게재함.

1874년
- 4월. 발행인인 메셰르스끼와의 불화로 인해 ≪시민≫지 편집장 일을 그만 둠.
- 6월. 건강 악화로 인해 휴양을 위해 독일 엠스로 출국.
- 8월. 러시아로 귀환.

1875년
- 1월. 장편 『미성년』을 ≪조국 수기≫지에 연재 시작. 12월에 완결.
- 8월 10일. 아들 알렉세이 출생.

1876년
- 1월. ≪작가 일기≫를 월간지의 형태로 자체 발행하기 시작하여 큰 성공을 거둠.
- 2월. 「농부 마레이」를 ≪작가 일기≫ 2월호에 발표.
- 11월. 「온순한 여자」를 ≪작가 일기≫ 11월호에 발표.

1877년
- 4월. 「우스운 인간의 꿈」을 ≪작가 일기≫ 4월호에 발표.
- 12월. 러시아 학술원의 러시아어-문헌 분과의 회원으로 선출됨. 이로 인해 ≪작가 일기≫ 출간을 잠정 중단함.

1878년
- 5월 16일. 3세 된 아들 알렉세이가 간질 발작으로 사망.
- 6월. 러시아 정교의 본산인 옵찌나 수도원 방문을 통해 『까라마조프가의 형제들』의 영감을 얻음.
- 12월. 『까라마조프가의 형제들』의 계획을 완성하고 첫 부분 집필.

1879년
- 1월. 『까라마조프가의 형제들』을 ≪러시아 통보≫지에 연재 시작. 1880년 11월에 완결.

1880년
- 5월 23일. 뿌쉬낀 동상 제막식에 참석하기 위해 모스크바

에 도착.
- 6월 8일. 동상 제막식 후에 행한 뿌쉬낀에 대한 연설을 통해 열광적인 찬사를 받음.
- 8월. ≪작가 일기≫의 1880년 판이 8월호 단일본으로 출간됨.
- 11월. 『까라마조프가의 형제들』을 ≪러시아 통보≫지를 통해 완결. 이 무렵의 한 편지에서 폐기종으로 인한 좋지 않은 건강 상태에 대해 호소함.

1881년
- 1월 26일. 각혈 후 혼절.
- 1월 28일. 저녁 8시 38분 도스토예프스키 사망.
- 1월 31일. 알렉산드르 네프스끼 수도원 묘지에 묻힘.
- 1월 31일. 작가의 사후에 마지막 ≪작가 일기≫인 1881년 1월호가 출간됨.